中国姑娘

鲁光◎著

中国青年出版社

图书在版编目（CIP）数据

中国姑娘 / 鲁光著. —北京：中国青年出版社，2022.7
（红色经典文库）
ISBN 978-7-5153-6699-9

Ⅰ.①中… Ⅱ.①鲁… Ⅲ.①报告文学－作品集－中国－当代 Ⅳ.①I25

中国版本图书馆CIP数据核字（2022）第116773号

中国姑娘

作　　者：鲁光
责任编辑：侯群雄
特约编辑：张睿智
书籍设计：孙初（封面）
出版发行：中国青年出版社
社　　址：北京市东城区东四十二条21号
网　　址：www.cyp.com.cn
编辑中心：010-57350401
营销中心：010-57350370
经　　销：新华书店
印　　刷：北京科信印刷有限公司
规　　格：880×1230mm 1/32
印　　张：6.375
字　　数：155千字
版　　次：2022年11月北京第1版
印　　次：2022年11月北京第1次印刷
定　　价：26.00元

本图书如有印装质量问题，请凭购书发票与质检部联系调换。联系电话：010-57350337

目　录

序 《中国姑娘》问世记　　　　　　　　　　　　　001

中国姑娘　　　　　　　　　　　　　　　　　　　007

敬你一杯酒　　　　　　　　　　　　　　　　　　081

中国男子汉　　　　　　　　　　　　　　　　　　099

女排队长之路　　　　　　　　　　　　　　　　　151

投她一票吧　　　　　　　　　　　　　　　　　　177

代后记　为有豪情似旧时——女排精神的过去与现在　189

序 《中国姑娘》问世记

新中国70华诞前夕,中国女排在日本先是以十连胜夺得世界冠军,接着又以11连胜的战绩完美收局。捷报传来,全民欢呼,举国欢庆。其时,我在老家两头门村公山小住。激情难抑,挥毫画了一幅浓墨重彩的鸡冠花道贺。鸡冠花厚实嫣红,层层重叠,一冠比一冠高,寓意中国女排十次荣登世界冠军的宝座。泼彩泼墨,整整一天。情未尽,又挥毫写了一张歌颂女排精神的字——"祖国至上,不畏强手,团结协作,奋力拼搏,永不言败。"

近些日子,老有人找我聊女排,让我讲述女排的故事。离京前,我给国家体育总局机关,给冬运中心讲过女排故事和女排精神。在家乡,我又应岩洞口村邀请,给村民们讲述我所了解的女排故事。我这个人喜欢写,爱好画,不喜欢讲,但讲女排精神,我乐意。一讲再讲总也讲不厌。原因要归结到我的女排情结,归结到我为中国女排撰写的那本报告文学《中国姑娘》。

时代呼唤中国姑娘

1981年冬,中国女排在日本有一次夺取世界冠军的机会。出发去日本前,北京大学邀请女排姑娘去学校做客,我也随队而去。到了校门口,热情的北大学子一拥而上,把女排姑娘"瓜分"了,本来欢迎会是在礼堂举行的,谁知学生们把女排姑娘们"瓜分"到哪里去了,东一堆,西一堆,大礼堂里只有周小兰一个女排队员。学生们把她抬起来,抛到舞台上,又将她从舞台上"扔"到台下。后来欢迎大会只好改到五四广场开,人们不停地高喊:"团结起来,振兴中华。"其时,"文革"结束不久,国家百废待兴,人们企盼祖国强盛。中国女排是当时三大球中唯一有希望在世界大赛中夺冠的项目。长期主管体育工作的贺龙元帅已于十多年前含冤去世。生前他曾感叹"三大球不翻身,死不瞑目"。人们把冲击世界冠军的期望全都寄托在中国女排身上。"团结起来,振兴中华"是北大学子率先喊出来的,却是全国人民的共同心声。

当时,笔者任职国家体委宣传司,女排出征前的训练在湖南郴州进行。中国女排冲击世界冠军,无论成功还是失败,我们都得给全国人民一个交代。我肩负重任,到郴州下队与女排队伍共同度过了难忘的半个月。时年27岁的队长曹慧英练得那么艰苦,让围观的群众直叫"真像祥林嫂"。曹慧英急忙说:"别这么说呀,祥林嫂是旧社会逼的,我是心甘情愿练的。"杨希在训练中,大腿肌肉断裂。平时总盼有空休息,眼下在病床上却怎么也躺不住。男陪练站在板凳上,重力扣杀,女排队员身上紫一块青一块。一位老队员说:"我们曾以0∶15输给苏联队一局,她们太高大了,隔网看过去,大腿比我们的腰还粗,我们不这么练,怎么赢得了她们……"流汗流泪顽强地坚持着,只有付出超人的代价才能取得超人的成绩。

女排姑娘们牢记使命,心怀祖国,放眼世界,为祖国的荣誉团结一心,顽强拼搏。

这样的队伍,这样的付出,他们应该登上排球的世界高峰,即使一时登不上去,她们的这种拼搏精神,也是值得我们歌颂赞美的。我拿起笔写她们,写我的所见所闻。我常说,《中国姑娘》是时代呼唤出来的,应运而生的作品。

想不到的洛阳纸贵

《中国姑娘》首发在《当代》1981年第五期,发表在中国女排夺冠之前。责编杨匡满来电:"我主张放头条的,但老主编坚持小说放头条,怎么办?"我回答:"放末条发也无妨。"谁也没料到,刊发报告文学《中国姑娘》的这期《当代》,走红一时,被抢购一空。人民体育出版社印了三万册,中国妇联开全国大会要走了两万册,新华书店职工又自留了不少,真正上市的没有多少。出版社赶紧又加印了五万册。各地等不及,纷纷出版白皮本,估计印数不下百万册。全国数十家大报以三个到四个版刊登七万多字的全文,电台联播,名导蔡晓晴拍摄了同名电视连续剧《中国姑娘》。日本以《红色魔女》出版,欧洲的一些报刊也连载,一时洛阳纸贵。中国作家协会授予《中国姑娘》全国优秀报告文学奖。中学、大学选登或全文刊入教材。之后,《中国姑娘》又被收进"共和国作家文库"和"未成年人思想道德建设文学读本",今年还被收入小学六年级教材。

我自己只留下两本《中国姑娘》,时任全国政协主席邓颖超给荣高棠同志打电话说,她看了日本版的《中国姑娘》,没见到中国版的《中国姑娘》。我赶紧给邓颖超主席送去一本,我自己只留了一本,而且是第二次印刷的。

时任文化部副部长的文学评论家林默涵先生还在《人民日报》上刊登了一封感谢信。信中说——

鲁光同志:

读了《当代》上您写的《中国姑娘》十分感动。我们从电视屏幕上看到了我国姑娘们英勇搏斗,战胜劲敌的场面。读了您的文章,才知道她们是经过了多少艰苦的锻炼,流了多少汗水和泪水才取得这样的成果的。更重要的是姑娘们热爱祖国,为了给祖国争荣誉,之死靡它,不惜牺牲一切的献身精神。她们的心灵是这样高尚、美丽。而能够发现、描绘和讴歌这种美的人,也一定是具有最可贵的美的感情的。没有姑娘们的英雄事迹,就不会有您的英雄诗篇;没有您的诗篇,人们也就不可能那样形象地深切地认识这些英雄们。这就是我们的文学的伟大作用。看电视的时候,我情不自禁地流下了激动的喜悦的眼泪。读《中国姑娘》的时候,我又情不自禁地淌下了深挚的感激的眼泪。我们要有亿万个像中国姑娘那样的英雄儿女,我们又要有千万篇像《中国姑娘》那样的英雄诗篇。希望您写出更多更多这样的好作品来!

因为不知道您的地址,就让这封信公开发表吧。

林默涵
11月22日

当时的国防部长张爱萍将军曾有意将我调入部队。他说一篇写排球的文章,全国这么轰动,我们那么多军队的科技人物,需要有人去写。因为我马上要出任中国体育报社社长兼总编,老将军的打算没有实现。这是后来将军夫人与我的一次偶遇时,向我透露的。

女排精神永不朽

女排队伍已更替多回。体育竞赛是没有常胜将军的,起起伏伏、胜胜败败是自然规律。中国女排起先有袁伟民,后有陈忠和,更重要的又有郎平,创造了夺取十次世界冠军的辉煌战绩,成了世界排坛的一个传奇。

从老女排到新女排,教练员和运动员都在不断更换,但女排精神却延续不变。

回首38年前写就的那本薄薄的《中国姑娘》，放眼长盛不衰的女排精神，我总有一种负疚感。由于种种原因，写作、思考都太匆忙，我未能把《中国姑娘》写得更满意。

在写作期间，我的父亲不幸病故。我离京去郴州时收到电报，说父亲病危。头年，他病危过一次，我回去看他，他闯过了死亡关。这回我抱侥幸心理：也许会没事儿。父亲走了，我回不去，母亲骂我"不孝之子"。唉，忠孝不能两全！第二年我回老家，在他坟前一页一页烧了一本《中国姑娘》。父亲生前支持我写作，在天堂得知儿子写了这一本书，会含笑九泉的。我是忍受着丧父的巨大悲情写作的。

20世纪80年代初，我是一个业余写作者。白天坚持八小时上班，晚上才能动笔。住房紧张，房间里只有一张桌子，要等两个女儿做完作业我才能伏案。早晨爱人上班，两个女儿上学。7时至8时是写作的黄金时间。说是写了40天，其实是用了40天的业余时间。虽有激情，也拥有丰富的第一手资料，但思索得不深，写得也太赶。我深知《中国姑娘》有如此热烈和持久的反响，不是我写得有多好，而是女排精神经久不衰。国家要变富变强，实现中华民族伟大复兴的中国梦，正需要女排精神。我想女排精神与人民大众、与时代的脉搏是一起跳动的，人民需要这种精神。

女画家何韵兰是《中国姑娘》的封面设计者和插图者。38年前，我写她画，我们一起为女排唱着赞歌，女排的信念深深影响着我们。眼下我们都已年逾八十，她在北京家中，我在老家山里，但微信上频频回忆当年的激情岁月，我们庆幸与中国女排结缘。到了老年，我们信念依旧。有信念，艺术才有生命，我们活在信念里，活在艺术中。

2019年10月12日于五峰山居

中国姑娘

> 忠诚,就忠诚自己的土壤;
> 追求,就追求自己的理想。
>
> ——引自友人的诗

这是一曲振奋人心的搏斗之歌。它的主旋律,就是祖国的荣誉高于一切!

人们把体育比喻为一个民族精神的橱窗。那么,就让我们打开中国女排这个小小的窗口,看一看我们中华民族应有的精神风貌吧!

圣保罗黎明的灯光

南美洲,巴西的繁华都市圣保罗。公元一千九百七十七年夏末,午夜之后。

光怪陆离的霓虹灯还在疲惫不堪地闪耀着,车水马龙的街衢却已经空寂无人。坐落在闹市街头的A旅馆的灯火已经熄灭,一扇扇古老的百叶窗静静地垂挂着。从世界各地来参加第一届世界青年排球锦标赛的青年男女们在这儿下榻。

在一个房间里,古朴的百叶窗和深红色的窗帘把宽大的玻璃窗遮盖得严严实实,华丽的吊灯也已关熄,只有那一座台灯在散发着柔和的淡黄色的微光。两张素洁的单人床相距咫尺。周晓兰和韩晓华的眼睛已经闭上了,看样子已经进入梦乡了,其实,她们的思绪却像潮水一样起伏着。

晓兰轻轻地翻了个身。

晓华的眼睛睁开了:"晓兰,你睡不着?"

"嗯!你呢?"

两位姑娘把身子往对方挪了挪,脸冲着脸,几乎闻得着对方温热的鼻息。

晓兰是个秀美、文静而又沉稳的姑娘。她扬了扬修长的眉毛,感慨道:"明天,就是我们搏的时候了。"

晓华也感慨起来:"是啊,也许,咱们这一辈子就只有这么一次搏的机会呢!"

"睡吧!"她们又互相提醒着。

重新闭上眼睛,合上嘴唇,不再吭气,并在心里一个劲地叮嘱自己:"睡吧!睡吧!别想了!"但是,理智还是经不住感情波涛的猛烈冲击。

晓兰的那对明净的眸子又在闪动了。她想,索性睁开眼睛,也许可以把那些滚滚奔来的思绪赶跑。她看见,那雪白的房顶竟然变成了一幅宽大洁白的银幕,映现出几个月前在香港预选赛中发生的情景:沸腾的九龙伊丽莎白体育馆,赢了球而狂抱一团的南朝鲜女选手,失望而去的港澳观众,伤心哭泣的中国姑娘……那一双双哭红了的眼睛啊!

干吗要回忆这些伤心事?晓兰又紧紧地闭上了双眼。但等她再一次睁开眼睛时,房顶上又映现出两行赫然醒目的阿拉伯数字:$0:3,0:3$。

这两个零比三,正是她们在香港预选赛中输给南朝鲜青年女排的不光彩的记录。耻辱啊,这真是一个奇耻大辱!

不过,她清晰地记得,当时她没有哭。不是她不想哭,她真恨不得号啕大哭一场。实际上,酸楚的、悔恨的泪水,已经涌到眼眶里了,她咬着嘴唇,硬是把它憋回去了。当时她在心里对自己说:"好汉流血不流泪。哭,是永远也哭不赢的,圣保罗决赛时再见吧!"兴许正是这股不服输的炽热的火焰,把伤心的泪水给烧干了吧!

现在,她就躺在圣保罗闹市区的旅馆里。她们的对手——南朝鲜青年女排就住在离她们不远的房间里。明天晚上,不,应该说是今天晚上了,离此刻只有十多个钟头,她们等待了一百多个日日夜夜的激战,就要打响了。

"她们会不会也睡不着呢?"晓兰又禁不住开口了。

晓兰说的"她们",是指三位队友:湖北姑娘周俊芬、广西姑娘温美玲和浙江姑娘林辉。

晓华翻身坐了起来,说:"打个电话试试,如果她们也睡不着,干脆把她们叫来,再一道合计合计。"一边说,一边已经拿起电话听筒,轻轻地拨动了电话号码。

"喂,睡着了吗?睡不着?那就到我们屋来一趟吧!悄声点,不要惊动指导……"

周俊芬、温美玲和林辉,蹑手蹑脚地穿过寂静的走廊,来到晓兰、晓华的卧室。

两张单人床已经并到一块儿。五位中国姑娘趴卧在这张"大床"上,脑袋凑拢在一起。说来也真巧,这五位姑娘都诞生在一九五七年,眼下刚满二十岁。山东姑娘晓华是共产党员,其他四位姑娘当时都是共青团员。二十岁,正是贪睡的年龄呀!

"南朝鲜二传好,但我们个儿高,网上比她们强。"

"她们上半年赢了我们,有点轻敌;而我们憋了一肚子气,赢球心切,斗志旺。"

"从实力看,她们还是比我们稍强一点。不过拼起来,就难说了。"

她们把自己和对方的长处、短处,都摆了个够,又互相叮嘱了一番,鼓励了一番,最后,达成了一个不成文的"秘密协议":如果输了球,谁也不许哭鼻子;赢了球嘛,可以痛痛快快地哭。

谈呀,聊呀,不知不觉已经到了凌晨四点多钟了。这时,她们才意识到自己是彻夜未眠!在临赛的前夜,这是绝对不许可的。如果此事让领队、指导知道了,挨一顿狠剋是肯定的。

韩晓华毕竟老成一些,已经想到这一点了。她对大伙说:"一旦露了馅,我是队长,我来做检讨。"

晓兰是个挺有心眼的姑娘。她说:"会是在咱们屋里开的,要检讨,咱们俩一道写。"

其他三位姑娘发急了,说:"要写检讨,就咱们五个人一道写。"

晓华挺幽默地感叹道:"只要赢了球,写检讨心里也痛快呀!"

此刻,太阳还没有把黎明的曙光洒向大地,可以躺下来美美地睡上一小觉。晓华和晓兰没有把床再分开,关熄了台灯,紧挨在一块儿,闭上眼,就沉沉入睡了。尽管过不了一会儿,街上就开始喧腾,但那些嘈杂的刺耳的声响并没有把她们惊醒。她们实在太困倦了。让她们安安静静地睡吧,哪怕多睡上几分钟也好。

趁她们熟睡之机,让我们来回叙一下能把眼泪憋回去的这位姑娘的一些往事!……

一九七〇年春天,太行山区。启明星吐射着清冷的银光,山野笼罩着月色。一位十二三岁的瘦高少女,背着草绿色的书包,神色惶惶地行走在山野小路上。她每天都顶着月色从山村出发,翻越两座荒山秃岭,步行二十多里,赶到公社小学上课。傍晚,又步行二十多里,沐浴着苍茫的暮色,从公社小镇返回荒僻的山村。在那个"读书无用"的年代里,村上除了她之外,没有一个女孩子读书。男孩子上学的倒有几个,但他们走得快,这位刚从大城市来的少女赶不上他们。所以,朝朝暮暮,她总是只身孤影。

这是一个冬天的雪夜。纷纷扬扬的大雪覆盖着山野。放学后,她踏着积雪，爬上了一道山坡。天已黑咕隆咚的，她偶尔一抬头，看到山岭上闪亮着两团淡淡的绿光。那是什么光呀？在夏夜，山野里有飞动的萤火虫，一闪一闪的，亮着忽明忽暗的绿光。密集的地方，简直可以形成一片绿色的灯海。可是，那两团淡绿色的光，比萤火虫的小小绿光要大得多，况且，现在也不是夏季呀！乡亲们给她讲过鬼火的传闻。难道她真的碰到鬼火了吗？不过，她并不相信人间真的有鬼，自然也不相信有鬼火了。那是什么光呢？她又往雪坡上走了几步，那两团绿色的光盯着她，一动也不动，使人觉得阴森可怕。这位从小在上海姥姥家长大的城市少女的心颤抖了，连她自己都听见了心儿"怦怦"的跳动声，脚也迈不动步了，开始哆嗦起来。她想起来了，乡亲们说过，这山野里有狼。没有错，那一定是狼的两只凶恶的眼睛！

狼是会吃人的动物！在幼儿园里，她就听阿姨们讲过大灰狼的故事。她万万没有想到，自己会在这白雪茫茫的冬夜，在这荒山野岭上，孤身一人碰见它！她几乎要被吓得瘫软了，身子紧靠在山崖上，连气也不敢喘。她摸索着躲进了附近山崖上牧羊人避风躲雨的土洞。

她就是周晓兰。她是随父母亲到山村落户的。妈妈是一位医生，毕业于上海医学院。爸爸是一位工程师。他们本来都在太原一家工厂里工作，如今"臭老九"不吃香，被"下放"到山村来"脱胎换骨"。不过，这两位"老九"还是希望自己的女儿有点知识，宁肯狠狠心，让她每天步行四五十里山路上学读书。

雪，仍然无声无息地飘洒着，山野里万籁俱寂。晓兰蜷缩在山洞里，也不知过了多久。她想，不能老这么躲着，家里人不知急成什么样子了。她大着胆子探头看了一眼，外面只有飘舞的雪花，绿色的光团不见了。可恶的狼呀，你是走开了，还是躲藏起来了呢？她不知道。她要回家，否则妈妈会急死的。她将身子探出洞外，又仔仔细细地观察了好一会儿，还是不见动静。她哆哆嗦嗦地挪动步子，向山坡上走去。开始是慢慢地走，后来就快步走，最后是深一脚浅一脚地飞跑起来。她听见后面有嚓嚓的响声，仿佛那只狼追赶着她似的。其实，那是她自己的脚踩踏雪地发出的声响呀！可那时，她分辨不出来，只顾跑，跑呀跑，一直跑回村里。

离家老远，她就看见那间干打垒小屋里亮着昏黄的灯光，听见从屋里传出来的说话声……她还是跑着，上气不接下气地奔跑着。推开门，她带着一身雪和一身寒气，一头扑到妈妈怀里，忍不住地哭了起来，哭得那么伤心，那么委屈。

这时，已经是深夜十二点多钟了。

"晓兰，怎么啦？"妈妈忧心如焚地望着女儿。

晓兰隐瞒了路上发生的一切，哽咽着只说了一句话："下雪天，路难走。睡吧，妈妈，我累了！"她知道，如果把真情实况说出来，妈妈、爸爸就会不让她去上学的。

几天之后，晓兰才把那天晚上的险遇，如实地告诉爸爸、妈妈。不过，她对妈妈说："乡亲们说，狼怕打腿。我以后带上一根棍，就不怕狼了……"

冬去春来，冰雪消融，山花绽开。晓兰依然只身孤影在山野小路上匆匆而行，手里总拿着一根木棍。她的胆子大起来了。如果再遇到狼，她真的会上去跟它搏斗一番。但从那天晚上之后，她再也没有看见过那阴森可怕的绿色狼眼。也许，豺狼也是欺软怕硬的，知道这位少女变得厉害起来，不敢贸然来犯了。

后来，当她进入山西省队当运动员时，人们也发觉她的胆子特大，大得都有些惊人。

有一天晚上，她去太原一家医院看望住院的妈妈，从医院出来的路上，只有她一个人，而前头却有四个流氓拦住了去路。

流氓们向她招手，嬉皮笑脸地说些不三不四的话："过来！过来！"

晓兰的心虽然也咚咚跳得厉害,但她却显得十分镇静,大声斥问:"你们要干什么?"

流氓们又招招手:"过来,过来比比个儿!"

她什么话也没有再说,一步一步默默地向前走去。

大概这伙流氓从来还没见过如此大胆的姑娘,一时惊呆了。晓兰走到他们跟前,用手使劲一拨,突然从中间穿越而过,飞快地向前奔跑着。流氓们如梦初醒,紧紧尾追着。她头也不回地飞跑,飞跑,心想:"追吧,我是运动员,你们追得上吗?"

这时,迎面驶来一辆公共汽车,刚刚打开门,她就纵身一跃,跳上车去。汽车响着引擎,疾驰而去,把几个无耻败类远远地抛在黑暗之中。

....

动乱的岁月,苦难的生活,荒漠的山野,孕育出她的独特个性:文静、内向,而又刚强、勇敢。当这种个性与祖国的荣辱感结合到一起时,顿时闪射出璀璨的光芒。

天大亮了。晓兰和她的姐妹们还在酣睡。在她那张秀丽的脸庞上,透出一种坚韧不拔的神情,仿佛在告诉人们:南朝鲜的姑娘们,等着瞧吧,今晚非赢你们不可!

重新点燃的希望之火

上午,中国青年女排做赛前练习。汽车从A旅馆出发,穿越闹市街头,向体育馆驶去。中国姑娘们无心欣赏令人目不暇接的异国都市风光,有的在闭目养神,有的在沉思,有的闭上眼睛之后还真的睡着了。

领队阙永伍心里不禁纳闷起来:"大清早怎么就打瞌睡呢?"她就追问姑娘们。起先,姑娘们还严守"机密",但经不起一再追问,终于有人"坦白交代"了。

车上的空气顿时紧张起来。姑娘们怀着忐忑不安的心情,等着挨剋。

阙永伍是一位四十五六岁的中年妇女,个儿不算高,但清瘦有神。她望望坐在一边的指导邓若曾和曲培兰,默默地交换着眼神。

过了一会儿,机灵的姑娘们就从领队、指导们脸部和眼神的细微变化中,作出了自己的判断:喜悦多于指责。

果不然,阙永伍开口说话了:"中午这一觉,可一定得好好睡呀!"

中午,姑娘们一倒下就睡熟了。但阙永伍却像吃了兴奋剂似的,一点睡意也没有。她的思绪回到了十年前,祖国的花城广州。

一九六七年初,珠江中的小岛——二沙头。虽然是隆冬季节,岛上依然草木葱茏,修竹挺立,绿树滴翠,米兰吐香……阙永伍身穿运动服,坐在江边的石凳上,痴痴地望着滚滚东去的浑浊的江水,眼里噙满了晶莹的泪花。也许这是她参加革命以后头一次掉泪。泪水,伤心的泪水,洒落在江水中。国家女排的姑娘们,站在一边,默默地注视着这位已经三十六岁而未结婚的教练,生怕她突然纵身跳进江里去。

有位队员甚至冒冒失失地问她:"指导,你会不会跳江自杀?"

跳江?她还不至于如此没有出息。但她确实感到空前的委屈和说不出来的伤心——应该说,是极度的悲愤。

再过几天,她将率领中国女排去日本参加世界排球锦标赛了。根据当时的实力,中国女排将会名列前茅。但是昨天从北京传来了"十二道金牌",勒令她火速回去揭发交代问题。理由只有一条,因为她是排球队里的"保皇派"。这犹如从天上倾倒下来一盆冰水,泼洒在她那颗炽热似火的心上。

在即将出征的关键时刻,朝夕相处的阙指导要离开她们,女排的姑娘们就像丢掉了自己的灵魂似的,不知所措。主力队员董天姝、李杰英、韩翠青,不顾一切地奔到指导住的小楼,砰的一声推开房门,恳求说:"指导,你不能走啊!……"

阙永伍望着窗外粗壮高大的英雄树,眼泪夺眶而出,心里像刀割似的疼痛。

董天姝哽咽着说:"指导,要想得开呀,自己保重……"别的话,再也说不下去了。

几天后,"女皇"江青也降旨了:排球队不要出国,回北京参加"文化大革命"!

对阙永伍来说,这是一个致命的打击。难道自己为之奋斗了半辈子的事业,自己为之不惜牺牲一切的事业,就这样夭折了吗?难道几代中国姑娘为之贡献了青春年华的事业,就这么半途而废,毁于一旦吗?她伫立江边,默默地向大江发问,向苍天发问。但是,她得不到任何回答。她悲愤得几乎要发疯了!

猛烈的江风,吹散了她的一头秀发;滚滚的江水,卷起了她心海的波涛。

她十八岁那年,和她一起参加工作的九位姑娘都先后结了婚。她也被人追求着,"红娘"还是她的一位顶头上司。但她不想过早结婚,趁"红娘"出差之际,将男方送来的照片退了回去,并写了一封表示歉意的信。其实,当时她正在"热恋"。"恋人"就是那只白色的大皮球。

这一年,她参加了在波兰举行的世界青年联欢节。当时中国人虽到处受到外国朋友的欢迎,但"东亚病夫"的帽子尚未摘掉。有的外国朋友来到中国运动员的驻地,甚至好奇地想看一看中国姑娘的脚是不是"三寸金莲"。当时,我国的体育技术水平是相当落后的。中国女排与保加利亚女排打了一场,第一局吃了个鸭蛋,第二局得二分,第三局得四分,三局加在一起才得了六分。在那次比赛中,只有我国著名游泳选手吴传玉获得一百米仰泳冠军,在国际体坛上,为新中国升起了第一面灿烂的五星红旗。耳听着雄壮的《义勇军进行曲》,眼看着鲜红的国旗徐徐升起,阙永伍热泪横流。在她的心底里萌生出一个强烈的愿望:献身祖国的体育事业,为祖国的荣誉奋斗终身!

新中国成立初期,没有一个像样的排球场地。她们在天津民园体育场的足球场上划了一块地方,作为排球的训练场。后来,又搭起一个席棚,作为室内球场。她们就在泥地上滚翻、摔跤,汗水和着泥土,一个个都像泥猴似的。她们在如此艰苦的条件下奋斗了三年,一九五六年去巴黎参加世界排球锦标赛时,就取得了优异的成绩,名列第六。

阙永伍因为胃严重下垂,退出了运动员的行列。但她继续战斗在排球战线上。一九五八年,她回到故乡成都,当了省女排的教练。她带的四川女队,曾经几次打败过国家队。贺龙副总理点名调她到北京工作。一九六三年,她已经三十一岁,正与一位男朋友在谈恋爱。他不情愿她走。她的母亲已经年迈,也希望女儿留在身边。但她表示,只要领导上认为她能胜任国家队教练工作,她就服从国家的需要。

她只身来到首都。痴心的男朋友一两天就给她发来一封信,催促她成家。有一封信甚至直截了当地告诉她:"只要你同意,我明天就坐飞机去北京结婚。"

结婚?不行,绝对不行!她刚到北京,贺龙副总理见到她时,亲昵地叫着她的绰号,叮嘱她:"猴子,把这个队伍交给你了,一定要带好呀!"眼下,她刚上任,新队员刚刚从全国各地集中起来,白天黑夜跟姑娘们一起摸爬滚打,哪有时间结婚成家呀!球队就是她的"家"。说实在的,连写封信都没有时间!她思虑再三,不得不给这位心急的男朋友写了一封直截了当的信:"你爱我,就等我,得等几年。等得了,就等;实在等不了,也就只好吹。"那位男朋友倒也挺干脆,说他等不了。这也难怪,有几个三十好几的男人,还能再等几年呢?就这样,她的第二次"恋爱"又告吹了。

与一个自己喜欢的情人决裂,心中一点也不痛苦,那是假的。

她也是一个有血有肉的姑娘啊！不过，没日没夜的繁忙，使她渐渐淡忘了失恋的痛楚。

"文化大革命"爆发前夕，阙永伍已经是一个三十五岁的老姑娘了。在我们这个传统习惯浓厚的国度里，到这个年龄尚未完婚的，还会引来各种闲话。热心的同志们在新华社给她物色了一位忠厚老实的男朋友。阙永伍跟他见面时，照例还是那个老条件：得等几年！

等几年呢？天才知道！

调皮的女队员们经常半开玩笑地向她刺探情报："指导，什么时候吃你的喜糖呀？"她总是这么回答："你们不拿冠军，就别想吃我的喜糖。"

当时，日本女排被称为"东洋魔女"，正称雄于世界排坛。中国女排的口号叫"打翻身仗"，追赶的目标就是她们。中国女排与日本女排实力上的差距是相当远的。日本国家队——贝冢女子排球队来访时，中国队只赢过两局球，处于绝对劣势。日本的另一支强队——全国一般选拔队来访时，贺龙副总理很想赢一场球。"你们打赢了，我请客。"他抚摸着浓密的短胡子笑着说。回到宿舍，阙永伍半开玩笑地对队员说："如果你们赢下这场球，我就请你们吃喜糖。"

说来也巧，中国姑娘们虽然打得很艰苦，而且眼看要败阵了，但她们最后果真反败为胜，把这场球赢了下来。汗水还在流淌，姑娘们就像一群叽叽喳喳的喜鹊，围住指导，不住地嚷嚷："给我们喜糖！给我们喜糖！"阙永伍想起了贺龙元帅感叹万分说的一句话"三大球不翻身，我死不瞑目"。她笑了笑，恳切地说："等打完世界排球锦标赛吧……"姑娘们不干了："指导说话不算数……"阙永伍挺顶真地说："算数，这回真的算数。打完世界锦标赛，我就结婚……"

一九六五年冬，日本女排运动员在训练中滚翻救球的最高纪录是四百多次。我们就超过它，创造五百次。"极限"训练的对象，正是今天青年女排的指导曲培兰。

当阙永伍向曲培兰交代任务时,曲培兰没有吭声,只是使劲点了点头。她知道,等待着她的将是一场多么严峻的考验!前几天,她的同伴于淑文在北京师范大学做过一次这种训练,接连滚翻救球二百五十次,看到小于狼狈不堪的模样,姑娘们都掉泪了。女领队不敢当场掉泪,一次次偷偷跑到休息室哭。而这次,比上次还要多滚翻一倍呢……

训练是在一零一中学的操场上进行的。小曲上场时,穿一身崭新的紫红色衣裤,精神抖擞。两位男教练轮流给她扣球,一个扣累了,换一个扣。滚翻到一百多次后,小曲红润的脸色变得苍白,浑身上下汗水和着泥水,躺在地上喘着粗气,爬不起来了。球,还是不停地往她身上砸来。四周围观的上千名师生,齐声呼喊:"加油!加油!"于是她又挣扎起来,顽强地向来球扑去。

"三百……","三百五十……",全场师生齐声数着数。

她摔倒了,挣扎着起来,再摔倒,再挣扎着起来。球,一个一个不停地飞袭而来。在她眼里,除了这白色的排球之外,一切都消失了。她的心里只有一个信念:"超过日本!超过日本!即使死在场上,也要超过日本!"

崭新的球衣球裤磨烂了,套在膝盖上的两层厚厚的护膝磨烂了,露出了渗血的粉红色嫩肉……

两位男教练目不忍睹,手软了,不肯再往下扣球。阙永伍流着泪,走上去,从男教练手中接过球,使劲向曲培兰扣去。一个,两个,三个……她心里也响着一个响亮的声音:"超过日本!超过日本!"她是凭着这个坚定的信念在扣球的啊!

空旷的操场上,除了阙永伍的扣球,曲培兰的垫球和重重的倒地声,就只有师生们的哭泣声和数数声。

曲培兰奇迹般地挣扎起来,奇迹般地扑救来球,奇迹般地倒地滚翻。

"四百九十七!"

"四百九十八!"

"四百九十九!"

"五百!"当千百个颤抖的喜悦的声音一起呼喊出这个象征着胜利的数字时,曲培兰倒在地上动弹不了了。她像一个从浑浊的泥水里钻出来的人一样,头发水淋淋的,身上没有一块干净的地方。她多么想站起来,向观众挥手表示感谢。但她的双膝软得像海绵,站立不起来。她的双手也不听使唤,沉重得抬不起来。她躺卧在被自己的汗水浸湿的土地上,微笑着。虽然笑得很吃力,但这是一个胜利者的微笑!

当然,用今天的眼光来看,这种"极限训练"并不一定符合科学,也许是不足取的。但那一代中国姑娘的精神和毅力,却是十分可贵,值得赞美的。

正当中国姑娘们不惜一切代价,在赶超世界先进水平的征途中前进的时候,中国大地上刮起了一阵大动乱的狂飙,把一切美好的理想变成了泡影。

阙永伍回到北京,独自坐在那间寒冷的北屋里。她看不见熟悉的排球,见不着朝夕相处的队员,面前的桌子上,只有供她写揭发、检查用的一叠厚厚的白纸和一支陈旧的钢笔。她的痛苦达到了极点。当运动员时,她练得那么苦,连男运动员的鱼跃救球她都练会了。当教练之后,她一心扑在事业上,一次次地牺牲了自己的爱情。如今,青春开始消失,鱼尾纹已经爬上她的眼角……她何罪之有?

女排姑娘们面对着铺天盖地的大字报,也百思不得其解!为祖国争光,这不是运动员崇高的神圣的职责吗?怎么变成"为修正主义涂脂抹粉"了呢?不过,她们的理想的心火,并没有熄灭。她们盼望这场暴风雨赶快过去。到那时,阙指导还带她们远渡重洋去出征。因此,在那些"内战"烽火连天的日子里,姑娘们每天依然聚集到一起练球。不久,阙永伍的行动也自由了,又来训练场指导姑娘们训练。而且照样那么顶真,那么严格。有的队员关切地问她:"指导,人家不是正批你'女法西斯',骂你'鬼猴'吗?"阙永伍回答说:"批归批,只要你们需要我,我就来指导。"

谁知,她们对形势估计错误了。这场暴风雨一直持续整整十年。她们失望了,开始恋爱,结婚,生儿育女。阙永伍也在三十六岁那年,与一直默默等待着她的老陈完成了终身大事。从此,一代排球明星,在中国和世界球坛上,销声匿迹了。

等到这场"史无前例"的暴风雨过去,祖国大地春暖花开的时候,人们发现,我们的祖国已经到了崩溃的边缘。体育成绩大倒退,与世界先进水平的距离拉开那么远了。老一代的国家队员们,心有余而力不足了。像董天姝等一些老队员,还站了最后一班岗,带着年轻的新队员,拼了一阵老命。但希望只能寄托在年轻一代中国姑娘的身上了……

整个午睡,阙永伍就这么海阔天空地回想往事。下午是准备会,研究如何打晚上的比赛。她不想责备姑娘们,而想赞扬她们。因为,她看到,老一代中国运动员的责任感和荣誉感,已经在年轻一代中国姑娘身上得到延续。而这,正是中国女排重新崛起的希望所在。埋藏在她心底的希望之火,被姑娘们重新点燃起来了!在准备会上,姑娘们没有听到领队的一句指责,有的只是满腔热情的激励!

晚上的比赛,是那么激烈!运动员刚出场,比赛还没有开始,观众台上的加油战已经达到白热化的程度。南朝鲜的侨民们举起一把把锃亮的小铜号,鼓着腮帮拼命吹;举起一副副呱嗒板,噼噼啪啪使劲打;而我们的侨胞们,则用猛烈的掌声,为自己祖国的姑娘们加油助威。场上杂乱的声响,震耳欲聋,连站在对面说话都听不清。

谁见了这种场面不紧张啊!中国姑娘们的心激烈地跳动着。

韩晓华生怕同伴们沉不住气,双手合成喇叭,大声说:"别忘了昨晚上说的。冷静,一板一眼打!"

周晓兰望望观众台,大声补充了一句:"台上闹翻天,当作没那么回事。"

比赛开局,中国姑娘就以十三比十五相近的比分失利。

小号声,呱嗒板声,呼喊声,响成一片。

晓兰紧紧握着拳头,附在女伴的耳边说:"重新开始!还有四局,不要泄气!"

以下的比赛,真是打得难解难分。中国姑娘以十七比十五相近的比分直下三局。

三比一,中国女排终于胜利了!

欢乐的、激动的泪水奔涌而出。中国姑娘们哭了,真的痛痛快快地哭了。六个主力,哭着抱成一团。泪水擦去了,又流淌出来。擦不干,抹不净呀!干脆任它流吧!六位主力姑娘,又紧紧地和领队、指导抱成一团。替补队员也蜂拥而上,使劲用手掐她们,掐得生疼生疼的。她们高兴得忘乎一切了。后来,别的姑娘都不哭了,周晓兰还在不住地掉泪。同伴们关切地问她:"你怎么啦?晓兰!"晓兰边哭边说:"在香港,我不是没有哭吗?现在我是在掉上半年的眼泪呢!"

这天晚上,周晓兰伏在A旅馆的写字台上,记下了一页动人的日记:

"三比一打败南朝鲜,这在我国排球史上是第一次。怎么能叫我们不高兴,不欢呼,不跳跃,不歌唱呢!这时,我才深深体会到,什么叫幸福。这就是最大的幸福!当祖国需要我们时,我们能够为祖国、为人民争得荣誉,这就是我们运动员最大的幸福,最大的快乐!"

第二天晚上,中国女队与日本女队决赛时,以二比零领先,再赢一局,就登上世界冠军的宝座了。但她们"雪耻"心切,对拿世界冠军却缺乏足够的思想准备。眼看冠军即将到手,却打得拘谨起来,结果连输三局,反胜为败。这是多么遗憾呵!也许她们将遗恨终生!不过,这次输球,没有一个姑娘落泪。回到旅馆已经午夜。晓兰和晓华屋里的那盏台灯,又一次亮到黎明。她们各自坐在自己的床上,相对无言,默默地收拾着行装。她们心里都在想,回国后,青年队就要解散了,恐怕没有机会报日本这个"仇"了。但是,一定要记住,将来谁进了国家队,谁就要去报这个"仇"!

阙永伍屋里的灯光,也一直亮到黎明。虽然,她为这最后一场的失手,感到无限惋惜。但她的心情却是激奋的。她关掉了台灯,拉起百叶窗。透过宽大的玻璃窗望出去,外面是满天嫣红的朝霞。她心底重新点燃的希望之火啊,就像那嫣红嫣红的朝霞一样,在炽烈地燃烧、燃烧……

挥动黄手绢唱的歌

同年深秋,苍茫的暮色,笼罩着日本的商业都市大阪。

中国女排姑娘们乘坐的大型轿车,顺着五光十色的街道缓缓向前行驶。

多彩的夜景,与中国姑娘们喜悦的心境是相吻合的。今晚,一九七七年世界杯排球赛进入最后一个高潮——发奖。应该说,中国女排的战绩是值得庆贺的。一九七四年,中国女排在世界锦标赛中只得了个第十四名。而一九七六年六月由袁伟民组建的这支队伍,只经过一年多时间的训练,头一次参加世界比赛,就名列第四。这是我国女排自一九五三年建队以来所取得的最佳战绩。而且在世界杯的预选赛中,她们还打败过"东洋魔女"日本队。这给她们的启迪和鼓舞,也许比第四名的战绩本身还要深远得多。看来,只要努力奋斗,世界上没有打不败的对手!

靠窗坐的那位高挑姑娘,叫曹慧英,中国女排的队长。从外表看,她恬静、文雅,瓜子形的脸上,总露着几分淡淡的笑意。在赛场上,她可完全是一个"要球不要命"的姑娘,同伴们都称她为"铁姑娘"。

你看,中国队与南朝鲜队的激战正在进行。一个险球从曹慧英身边平飘而去。她飞身扑上去。球救起来了,而她倒在地板上,左腿肌肉拉伤,像撕裂似的疼痛。她用手使劲抃着受伤的部位,疼得头上冒出了汗水。本来就偏袒的裁判,看到中国队的主将倒在地上起不来,急不可待地示意曹慧英退场。曹慧英瞥见裁判那种幸灾乐祸的神情,气不打一处出,蓦地站了起来,瞪圆了双眼,忍着钻心的疼痛,继续投入比赛。这局球,中国队虽然以二分之差输掉了,但这位中国女排队长的英勇顽强的精神,却赢得了全场观众的心。"三号!""曹——慧——英!"观众们用欢呼,用掌声,用各自喜欢的方式,表达着对她的敬意。

她从场上下来时,腿一抬就疼得像刀割似的,伤处出现了紫红色的瘀血。而第二天,中国队还有一场硬仗——对世界强队古巴。外国记者们议论纷纷。有的预测,如果中国的三号不上场,双方实力的均势就将发生变化,中国队的命运是凶多吉少。可是,第二天,当银笛长鸣时,曹慧英居然又英姿勃勃地率领众姐妹出场了,这不仅使许多记者和观众感到吃惊,也给古巴女排在心理上造成了压力。她的扣杀依然那么凶狠有力,救球依然那么奋不顾身。你简直看不出她是一位伤员。其实她的伤情还真不轻,上场前打了封闭针,在伤腿上捆扎了厚厚的几层绑带。她是一位挂了彩而冲锋不息的英勇战士啊!中国队终于以三比二击败了古巴队。

此刻,这位从小就爱唱歌的河北乡村姑娘,正在心里唱着一支欢乐的歌。今天是她运动生命史上光辉灿烂的一页,大会将颁发给她三个奖:拦网奖、敢斗奖和最佳运动员奖。

"扑哧",她笑出声来了。不过,她倒不是为一个人独得三个奖而笑。她想起了一件往事,一件挺逗挺逗的往事。

她还不到十六岁时,已经长到一米七十七。在乡村里,每次走亲戚、赶集,都招来乡亲们好奇的目光。她那忠厚老实的父亲可犯愁了,心想,一个闺女家,手长脚丫大,再这么一个劲长下去,怎么得了!想来想去,终于想出了一个并不新奇的老办法:裹脚!

"裹脚?"曹慧英一听,乐得腰都笑弯了。一个高高大大的姑娘,配上一双"三寸金莲",那成什么怪模样了呢!她嗔怪地对爹说:"你也不琢磨琢磨,如今是什么时代了,还兴这个!"

后来,她的妈妈上北京姐姐家串门。姐姐问:"妹妹长多高了?"妈妈说:"别提她了,高得要命,有个坑都恨不得让她踩进去。"接着,又感叹了一番:"那么个大姑娘了,走路没个走路的样子,走着走着就来个劈叉……"姐夫一听,倒高兴了:"怎么不叫她去练体育呢?"他认识体育学院的一位教练,写了一封推荐信。

于是,曹慧英进了体院青年集训队打排球。青训队的排球班开训已经八个月了,而小曹过去连排球都没有摸过。但好动、朴实、勇敢的性格,使她与排球一见钟情。入队不到两个月,她就上场打主力了。后来,她又到八一女排打主力。一九七六年重建国家队时,她又被袁伟民看中,调来打主力。她的成长,真可谓是一帆风顺。

爸爸呀爸爸,当初多亏没有听你的,要不"三寸金莲"怎么上场,怎么为国争光呀!她望望自己的那双大脚,心里有说不出来的喜欢。

坐在曹慧英前面的杨希,是小曹在北京体育学院青训队的同窗好友。她出生于干部家庭,从小就受到良好的教育。她长了一副高挑的身材,省体育队和体院的教练都看中了她,让她去打球。妈妈有点舍不得,因为杨希个儿虽高,但身子单薄,怕她吃不了那份苦。爸爸挺开通,说:"大家都说她是搞体育的料,那就让她去吧!"

一到排球班,她就天真地向别人打听:"练什么最苦?"别人告诉她,练长跑最苦。她想:"好,那我就练这个。"

起先,四百米的跑道跑一圈,脸就苍白,喘不上气来,头昏眼花。

但她坚持跑,而且每星期加一圈。星期天,别人睡懒觉,她也早早起床,到运动场上跑步。最后,她竟能一口气跑下十七圈。她跟曹慧英一样,从青训队到八一队,然后调进了国家队。球越打越好,观众也越来越多。谁说排球没有人看呢?在日本,出现了一股"杨希热",崇拜她的观众成千上万。比赛时,只要她一站出来发球,场上就发出有节奏的呼喊声:"唷要——希!唷要——希!"只要她扣杀了一个好球,场上就会发出雷鸣般的欢呼声、掌声。她在街头或旅馆里一露面,四周就会传来阵阵"唷要——希""唷要——希"的呼喊声。人们簇拥过来,跟她握手。握不上手的,哪怕摸到她的手一下,也感到欣慰。签名的纸板,一叠一叠送到她手上。她自己也记不清签写了几百、几千个名字了。有的日本青年挤到她身边,递给她一支粗大的油墨水笔,然后指指自己的胸前,让她就在他们崭新的衣衫上签名留念,弄得她不知所措。而那些日本青年就将她的手拉过去,往身上写。她也记不清,有多少痴情的日本青年穿着写有杨希名字的衣服,欢笑着狂奔而去。更令人感动的是,有两位日本小姑娘,由妈妈陪着,从几百里之外赶来大阪,目的只是请这位中国姐姐签写一个名字。还有许多球迷无缘见到这位中国女球星,就托人辗转送来对杨希的赞美和祝福的录音带,也有痴情的求爱的录音带……听说日本还成立过一个五十人的"杨希接待委员会"。从日本各地给她写来的信,装了一大麻袋。

日本为什么会出现"杨希热"呢?袁伟民曾经向一位日本报纸的记者打听过。原因有四个:第一,杨希是主攻手,球扣得有力,打得漂亮;第二,杨希球风好,风度潇洒,无论赢球还是输球,脸上总是笑眯眯的;第三,杨希的名字,在日本语里,是"有人缘"的意思,叫起来响亮;第四,杨希的长相酷似日本电影明星、《绝唱》的女主角山口百惠。

崇拜者们,几乎到处跟踪着她。中国女排到东京比赛,他们蜂拥到东京看；中国女排到大阪比赛，他们聚集到大阪看。

此刻，在她乘坐的轿车旁边，就有她的崇拜者紧紧相随。只要车子在十字路口碰上红灯停了下来，这些球迷们就从各种小轿车里伸出头来，向她呼喊，向她挥手致意。

作为一个运动员，何尝不希望有自己的观众和崇拜者。应该说，杨希是幸福的。

中国姑娘们步入体育馆大厅时，成千上万辆汽车已把广场堵塞得严严实实。身着艳丽和服的日本女郎，已经亭亭玉立在入口处。发奖仪式马上就要开始了。

发奖，本是激动人心的欢乐时刻。但对中国女排的姑娘们来说，却变成了一个巨大的刺激。第一、第二、第三名，站立在特制的高高的领奖台上，而中国姑娘却只能站在领奖台一边的地板上。在日本的国歌声中，太阳旗和第二、第三名所在国的国旗，在旗杆上徐徐升起。日本选手和第二、第三名的外国选手，高举着奖杯，向观众致意。而中国姑娘手上有什么呢？每人手里发了一块黄手绢，按规定，她们得不停地挥动黄手绢向得胜者庆贺。

中国姑娘们从刚才来路上欢乐的峰顶一下子跌落下来。如果地板有缝，她们真恨不得马上钻进去。轻柔如云的一方方黄手绢啊，竟重得把姑娘们的手臂都压得抬不起来了。胸前运动衣上的"中国"两个大字和闪闪发光的国徽，变成了两团火，烧得她们浑身发烧，脸发烫。过去，她们也常常听到这句话："你们是代表祖国人民出去的。"但感受不深。此时她们才真正意识到，她们确实不是几个普通的女排运动员，而是一群中国姑娘，是中国人民的代表。她们深深感到，眼下的成绩，与祖国的地位太不相称。中国人不应该站在地板上，而应该站立到高高的领奖台上去。徐徐升起的应该是我们鲜艳的五星红旗，大厅里回荡的也应该是我们雄壮的国歌。

该曹慧英领奖了。但她仍然痴痴地站在那里。同伴们捅捅她，她才迈出了脚步。她的欢乐劲儿早已烟消云散。她真不情愿去领这个奖。她心里想:"我个人即便得一百个奖,也不如全队拿一个奖杯呀!"

而杨希呢,真恨不得马上离开这儿,不,离开日本,回到祖国去。练得再苦,她也心甘情愿!

发奖仪式其实才进行了短暂的一二十分钟。但中国姑娘们却感到在这儿站了漫长的一个世纪。她们不知道自己是怎么回到休息室的。她们默默地聚集在一起,没有人掉泪,也没有人说话,休息室里的空气仿佛已经凝固了。突然,沉寂中爆发出低沉、悲壮的歌声:

"没有眼泪,没有悲伤……"

这《洪湖赤卫队》的歌声,一遍又一遍地重复着。虽然没有任何人指挥,却唱得那么整齐;虽然没有一个人是真正的歌手,却唱得那么富有感染力。这种催人泪下的歌声,在音乐会上是很难听到的。

在歌声中,一位鬓发斑白的长者,慢慢地摘下眼镜,转过身去,匆匆走出了休息室。他就是中国排球代表团团长、国家体委副主任黄中同志。他事后说,如果再待上一会儿,眼泪就要流出来了。

姑娘们唱着这支悲壮的歌,走出体育馆,登上汽车;唱着这支悲壮的歌,穿过闹市街头,一直到踏上旅馆的台阶……

当姑娘们乘坐客机,飞翔在浩瀚的太平洋上空,飞翔在祖国辽阔的蓝天之下时,心里依然在唱着这支悲壮的歌。这歌声里凝聚着她们为祖国荣誉献身的崇高精神,凝聚着她们继续向排球运动世界高峰攀登的勇气和力量。

灵丹妙药

北京初春的傍晚。崇文门外,太阳宫体育馆门前的一蓬蓬迎春花,开得正闹。被簇簇小黄花压弯腰的枝条,竞相往前伸长着,仿佛随时准备迎接从馆里出来的女排姑娘们。

暮色由淡到浓,不久天就黑下来了。馆里灯火通明,姑娘们刚刚练完球,汗水湿透的衣衫紧紧地贴在丰腴的身上。白色的排球撒满一地,姑娘们正弯腰捡拾着。

"谁还想再加练一点儿?"教练袁伟民冲着这群疲惫不堪的姑娘大声问道。

"我加练一点儿!"一位灵巧秀气的姑娘抬起头来,抢先回答。她两只手抱着十来个排球,酷似一位杂技演员。

她叫陈招娣,家住西子湖畔,一位典型的杭州姑娘,是曹慧英和杨希在北京体院青训队的同窗,又是她们在八一女子排球队的球友。如果你在街上见到她,大概看不出她是一位女排运动员。其实,你仔细看,在她那江南女子的秀气中,却藏着几分野劲。那才是地地道道的运动员性格呢!

陈招娣把一大抱球放进粗铁丝焊成的筐子里,走到袁伟民跟前,用眼神说:"练吧!"

袁伟民用右手的五个手指,从筐子里抓起了一只球,猝不及防地向她扔了过去。招娣敏捷地往后退了几步,稳稳地将球垫了起来。不等她站稳,"砰!"一声,球又从教练手里飞到她的左边。她往斜里飞身迎了过去。球垫起来了,她却摔倒在地上,就势一个滚翻,又从地上爬了起来。

她的加练任务是救十五个球。如果救丢一个,就负一个球。她玩命地向球飞扑过去,滚翻起来,又飞扑过去。渐渐地,她的双腿发沉了,脸色苍白了。但她仍然不顾一切地奔跑着,滚翻着,飞扑着。当她救起第九个球时,倒在地上起不来了。

袁伟民可并不因此而停止扔球。他一边将球狠狠地扔过去,一边大声叫:"快!""快起来!"

招娣趴在地上大口大口喘着气,眼看球从自己的身边、头上飞了过去。她不是不想去救,实在太累了,即使站立起来,也追不上那刁钻的来球。她负了两个球了。本来是自己主动要求加练的,练一会儿不就完了吗?谁知强度这么大,难度这么高。招娣心里嘀咕开了:"袁指导呀,你也太苛刻了。"

袁指导却不动声色。他一边扔,一边不紧不慢地数着:"负三!""负四!"……

招娣也冒火了,愣劲一上来,就不顾一切了。心里说:"扔吧!扔吧!扔吧!"霍地从地上站起身,气冲冲地嚷道:"我不练了!"走到场外拿起衣裤,就径自朝门口走去。

袁伟民这个人也挺有意思的。他不冒火,也不大声嚷嚷,只是不轻不重地说:"想练就练,不想练就不练,那不行。今天练不完,明天开始就练你。"

招娣才走出几步,猛然转过身,向袁伟民快步走来,把衣裤往地板上一扔,气呼呼地说:"练就练!"

请别误会,招娣不是一个吃不得苦的女子。她生性好强,从不甘心落后。在青训队时,有一次她的脚腕扭伤走不了路,从宿舍到训练房,有一段相当长的路,而且刚下过雪,但她拄着拐杖一瘸一拐艰难地往前走,到训练房时,拄拐杖的手上打起了许多紫红色的血泡。一位场馆的工人师傅看了感动不已,特地为她的拐杖包捆上一层厚实的海绵。有一段,她每天尿血,医生怀疑是肾炎,不让她吃盐。她自己到处找书看,发现是过度兴奋造成的,就对医生说:"不碍事的,注意一点就是了。"仍然坚持进行艰苦的训练。她的腰伤相当严重,有时打完一场比赛下来,好像腰已经断裂似的,直都直不起来。有一位医生甚至不同意她继续打球,说搞不好会造成瘫痪。她含泪恳求医生:"打到这个水平,没有为国家作出贡献就下去,我不甘心呀!"她一边配合医生治疗,一边以巨大的毅力坚持锻炼,终于延长了自己的运动寿命。

这一切,袁伟民心里都一清二楚。顶撞一下他,向他发一顿火,他并不计较。说实在的,他非常喜欢招娣的这种泼辣性格。打起比赛来,她还真的拼得出,顶得住。他常说:"一个队十二个队员都应该有自己的个性,打起球来才有声有色。如果把她们性格的棱角磨平了,这个队也就没有希望了。"但此时此刻,他只是用严峻的目光瞧了她一眼,轻声地问了一声:"开练吗?"

招娣走到红十字箱跟前,撕了几条胶布,裹在手指尖上。不裹,手指尖裂开的口子,实在疼得受不了。如果从她打球算起,她用的胶布,拼凑起来至少可以做一身衣裤了。她裹好胶布,走回场去,把腰往下一猫,那意思是:"开练吧!"

袁伟民一个球一个球地扔着、砸着。招娣奋不顾身地向飞来的球飞扑着、滚翻着。好不容易把刚才的负球给补上。九个,她还是只救起了九个球!离十五个还有六个呢!很明显,招娣的动作变迟缓了。终于,她又倒下起不来了。

站在一边供球的姑娘,迟疑地不给球了。袁伟民瞪着眼,叫道:"给球!"他仍然不慌不忙地扔着球,冲着躺在地上的招娣喊:"球!喂,看球!"

一个,两个,她又负了好几个球了。她感到满肚子委屈,站起身,看也不看教练,拿起衣服,又径直向门口走去。她实在忍受不了了,世界上哪有这么狠心的教练呀!如果说,真有铁石心肠的话,我看他的心比铁还硬。想着想着,眼泪涌出了眼眶,洒落在光洁的酱黄色的硬木地板上。

"走也可以,还是那句话,明天一早就练你!"身后又传来袁伟民那不紧不慢、不软不硬的声音。在平日,袁伟民那夹杂着苏州乡音的普通话,在这位杭州姑娘听来是那么亲切动听,有时她还淘气地跟他说几句婉转似莺啼的苏州土话。但此刻,他的声音不但不亲切,不动听,而是那么冰冷和刺耳,字字句句都像从冰窖里蹦出来的。

她依然往前走着。不过,脚步显然放慢了,一步比一步迟缓。

快走到门口时,她站住了。她那被极度疲惫和委屈情绪弄得热昏了的头脑,开始冷静下来,理智回到了她的心中。她像一截木头被钉在那儿,一动也不动。

袁伟民也站在原地没有动弹,目光盯着这位任性的姑娘,他像一尊石雕似的,手里还抓着一个球,一副随时准备砸出去的样子。

姑娘们用担忧的眼神望着他。她们恨他吗?恨!有时恨不得扑过去,狠狠地咬他一口。不过,事后冷静下来想想,又觉得他应该这样。不这样,怎么去赶超世界强队,怎么去为祖国争光呢!

一九七八年,简直是中国女排的倒霉年!从日本回国后不久,队长曹慧英在一次国际比赛中受了重伤,半月板撕裂,住进了医院。腿伤未愈,又发现有肺病,转到结核病医院治疗。在出访中,座车又不幸发生车祸,好几位姑娘受了伤。更惨的是,这年去苏联参加世界排球锦标赛,连第四名都没有保住,只落得个第六名。但她们没有在厄运面前屈服,既不怨天尤人,也不灰心丧气。她们从技术上、思想上进行了认真的总结。

她们明白,冲出亚洲并非易事,走向世界更是困难。中国女排的崛起,不能靠侥幸,只有靠自己苦练巧练!

看着招娣那汗湿了的背影,姑娘们的心情是很复杂的。她们深深地同情她,可又生怕这个任性的姐妹真的会离开自己的球场。有两位姑娘沉不住气了,迈动脚步向招娣走去……

正在这时,招娣也迈动脚步了。不过,她不是往前去"抢红灯",而是来了个向后转,步子那么猛,动作那么冲地向球场走来。她回来干什么,不用问了。

加练,又继续下去了。

不知是喘息了一会儿,还是来了一股邪劲,招娣练得完全忘我了。

袁伟民见她那么奋不顾身地扑救来球,就笑着说:"招娣,可以减掉几个!"

招娣用泪眼瞪了瞪他,发狠地说:"不要你慈悲!"

袁伟民的话,其实也是一种激将法,因为他深知招娣的性格。

她终于以惊人的毅力,垫起了十五个球。

当她们淋浴后,走出体育馆大门时,那蓬蓬迎春,正在乍暖还寒的春风中,摇曳着黄灿灿的花枝,热情地赞美这群迟归的姑娘。但是,姑娘们拖着沉重的双脚,匆匆地从它们身边走过,压根儿就没有留意迎春花的多情。也许,它们何时发绿长叶,何时含苞,何时开花,她们也没有留意过呢!

回宿舍,她们得上五层楼。五层楼的楼梯有多少个台阶?姑娘们心里可清楚啦。她们用手扶着栏杆,慢慢地抬起腿,龇牙咧嘴的,有的还发出"哎哟""哎哟"的呻吟声。每上一个梯阶,都这么艰难。上上停停,停停上上,凭借着淡黄色的灯光,互相瞧瞧,一个个都是这副狼狈相,真是哭笑不得。谁能想到,一群风华正茂的年轻姑娘,一群充满活力的年轻运动员,上个楼梯竟这么艰难!

在女排训练场上,像招娣今晚这样的"两走两练"的情景,倒不很多。这是由她那直率、坦然而又带几分愣劲的独特个性所决定的。但练得这样艰苦,甚至比这更艰苦的,却大有人在。

这里是湖南省郴州集训基地。这天,温文尔雅的杨希因为大腿肌肉受伤,躺在屋里休息,记者正好访问了她,打趣地对她说:"杨希,过去见你总是笑眯眯的,今天可见到你哭了。"杨希挺实在地回答说:"我哭得可不少,不过,你们不常来看我们训练,见不着就是了。"接着,她又补充了一句:"我们队上哪个姑娘没有掉过眼泪呀!你不知道,我们的指导呀,在训练场上从来没有说过满意的话,总是不满意,不满意。要我们往上呀,往上呀,去赶超世界强队呀。天天努力,天天达不到他的要求。还让我们天天斗争,天天打胜仗呢!一个人哪能天天打胜仗呀!就拿这二十来米的路来说吧,每天一步一步往训练房走的时候,心里都在斗争。今天身体实在太累了,伤也犯了,厚着脸皮请一次假吧,可到场上看别人都那么练,自己又不好意思开口了。忍着伤病练吧。一天练下来,浑身酸疼,饭也懒得去吃。晚上往床上一躺,是一天中最舒服的时候。可一想到明天,又犯愁了,明天该怎么练呀!人们都说,共产党人是钢铁意志,我们真是钢铁意志呀!只要你稍微松一点,就会被他盯上,抓住你补课……"

杨希就给补过一次课,而且还是在国外访问期间呢!她一口气练习滚翻救球四十分钟。两层裤子都磨烂了,两条大腿都磨破了皮,渗出鲜红的血来。夜里,随队医生给她敷药时,说:"如果让你妈妈看见,该心疼了!"也不知怎么搞的,她听了这话,眼泪就禁不住刷地流了出来。

杨希扬扬两道细长眉毛,咬了咬嘴唇,又对记者说:"我们从来都不让爸爸、妈妈看我们训练的。他们看到自己的宝贝女儿练成这副模样,非哭着把我们领回家去不可。平时回到家里,也从来不告诉他们练得如何如何苦,只是说,练的时候累一点,练完了就不累了。他们去看过我们打比赛。我们在场上摔了几下,他们就担心得不得了。回到家里总问:'摔得疼不疼?'我们就说:'不疼。'说真的,人都是肉长的,能不疼吗?不过,比起训练来,比赛算是我们最轻松的时候。还有一次,我回家去,妈见我这么瘦,一个劲地追问我,是不是练得太苦了。我告诉她:'妈,我们运动员不能胖,胖了就跳不起来,打不了球。'妈信了,后来街坊邻居问我为什么这么瘦时,我妈还帮我说呢!"她突然想起什么别的事似的,话题一转,问起记者来:"你说,人有多怪呀?"其实,她并不需要别人的回答,自己笑了起来,接着说下去:"练得苦时,真想休息半天,哪怕受点轻伤休息半天也好。可是等你真受了伤,这么躺在床上,心里就不是滋味,又想马上跟大伙儿一起去练。不过,平时真休息半天时,那可宝贵了,又想美美地睡上一觉,又想写封信,又想看场电影,又想看篇小说……真不知道该怎么过才好呢!"

的确,中国女排姑娘们的生活节奏是紧张的。清晨,朝阳还没有从东方升起,她们像一片美丽的朝霞,从宿舍飘向训练房。傍晚,夕阳已经西沉,她们才像一片绚丽的晚霞,从训练房飘回宿舍。她们常常紧张到没有闲情逸致欣赏大自然的美景。有时候,她们会突然发现马路两旁光秃的树木绿荫如伞,花木葱茏,于是像哥伦布发现了新大陆似的,惊讶地欢叫起来。有一天晚上,陈招娣对记者感叹地说:"人家的青春,是在花前月下度过的,而我们的青春却在流汗、疲惫、困倦、头脑发涨之中度过,在紧张、激烈的旋律中度过。"记者回答她说:"但你们的生活过得那么有意义啊!"招娣颔首笑道:"那倒也是。我们站在高高的领奖台上,当庄严的国歌在我们耳畔回响,灿烂的国旗在我们头上冉冉升起的时候,我们是感到自己所付出的一切代价都是值得的。将来,当我们都变成白发苍苍的老太婆时,回想起今天的生活,将会感到自豪,因为,我们的生活过得很充实,我们的青春年华没有白白地流逝,它曾经为我们的祖国放射过光和热。"

道是无情最有情

如果说,袁伟民在对待陈招娣的加练问题上,有点"过分苛刻"的话,那么,他对待这堂训练课的态度,简直可以说"冷酷无情"了。

坐落在山坡上的餐厅,灯火明亮。餐桌上银白色的火锅,炭火红红,水已经沸腾,冒着缕缕的热气。伙房里,厨师们已切好菜,配好佐料,烧热锅,只等坐落山坡下的那幢训练房灯光一灭,就马上动手炒菜。但一直等到晚上七点多了,训练房的灯光依然那么明亮。管理员下去看了一趟,回来说:"看来一时还完不了,先退了火再说吧!"

厨师们等着也没有事干,干脆去看姑娘们训练。

训练是从下午两点开始的,绝大多数姑娘都已练完,场上只剩下新手汪亚君没有完成任务了。四川姑娘朱玲和上海姑娘周鹿敏为她垫球、传球。她的任务是扣杀二十组快攻球。三个好球为一组。如果三个球中扣坏一个或扣出一个一般球,这组球就不算数。如果扣坏两个或扣出三个一般球,就得负一组。起先,小汪还不大在乎,心想到下课时总能扣完。谁知愈扣负得愈多。看到那么多人在一边陪着自己,她心里更不好受。扣着扣着,她弯腰站在那儿说:"指导,肚子饿了,练不动了。"

袁伟民将球放下,说:"休息一会儿再练吧!"

厨师们真想劝说大家先去吃饭。但他们知道,在训练场上,他们是不便插嘴的。他们用同情的眼光瞧了瞧小汪,无可奈何地摇摇头。

小汪喝了几口白开水,又开始扣球。扣了一阵,倒下起不来了,趴在地板上哭着嚷道:"今天我可完不成任务了!……"

厨师们一听,眼泪刷刷地流出来了。有的转过身,一边抹着眼泪,一边往外走。在场的记者看到这个情景,也禁不住掉出了眼泪。

袁伟民对站在一旁加油的几个队员说:"你们有谁愿意帮小汪扣的,可以上来扣。"

话音刚落,两位姑娘挺身而出。袁伟民一看,原来是四川姑娘张蓉芳和扣球手郎平。

可是,情况并不妙。扣到八点多钟,还剩下好几组。郎平举手喊道:"指导,休息一会儿吧!"她独自走到一边,偷偷抹着眼泪。而小汪因为自己连累了这么多人,心里更不好受,哭出声来了。

这时,几乎所有的队员都朝袁伟民瞪眼,虽然谁也没有骂出口,但心里一定都在骂他,恨他。而他呢,仍然站在发球线上,手里拿着球,笑眯眯地喊:"加油呀!加油呀!"实际上,这"加油"声何尝又不是为他自己喊的呢!他也已经在场上站了六七个钟头了!

扣杀再度开始时,场上出现了一个挺有意思的情景:所有的队员都把火气冲着袁伟民来了,垫得好,传得好,扣得狠。她们精神高度集中,团结一致,每球必争,达到了玩命的忘我程度,不知扣出了多少个罕见的漂亮球!

训练结束时,已经是晚上九点多钟了。

像这类事,绝不是偶尔发生,于是,袁伟民给一些观看过他训练的人留下的印象,就是"冷酷无情"的人。

不过,这位训练场上的"无情人",一走出训练房,就判若两人了。你看,他和姑娘们一道汗水淋淋地从训练房走出来了。有一位姑娘,眼泪还挂在脸颊上,嘴噘得老高。显然,她还在生他的气。袁伟民笑嘻嘻地打趣道:"噘得太高了,都可以挂两个油瓶了……"姑娘先是把脸往旁边一扭,不理睬他,接着就猛冲过去,使劲捶他的背,然后是破涕为笑,骂他:"你这个人怎么这么讨厌呢!"

在这一捶一笑中,场上结下的"怨恨",顿时烟消云散了。

其实姑娘们一点也不恨他,相反,那么愿意亲近他。他搬入新居时,淘气的姑娘们集体敲了他一次"竹杠":"袁指导,恭贺你乔迁之喜。请——客,吃馄饨!"

袁伟民笑道:"晚上,你们自己动手!"他急忙给爱人打了个电话,因为他自己对烹饪术是一窍不通。

袁伟民的新居在新落成的高层大楼里,是个两间居室的套间。姑娘们人未到,声音先到,一进屋,就沸腾开了,先像走马灯似的在两间房里浏览了一番,对房间的布置摆设,发表了一通评论,然后,就捋上衣袖,各显神通。陈招娣发现袁伟民插不上手,就过去跟他下象棋。

袁伟民的爱人郑沪英,在六十年代也是一名排球运动员。虽然她早已成了妈妈,性格还是有运动员的特点:坦率、热情。她一边招呼着姑娘们干这干那,一边也跟着说,跟着笑。

等姑娘们说了个够,笑了个够,吃了个够,告辞而去,袁伟民和妻子小郑发现,糖盒空了,瓜子皮撒了一地,桌子上厚实的玻璃板也碎了。不知是哪位姑娘在上面切香肠,手头重,给切碎了。肉馅还剩了一大堆,显然是买得过多了……

如果要指责袁伟民"冷酷无情",他的妻子最有这个权利。

大年初二,外面到处是爆竹声声和穿红着绿走亲访友的人们。而"排球夫人"郑沪英却感冒发烧,躺在床上动弹不得。她把身边的唯一亲人——七岁的小儿子叫过来:"袁粒,妈病了,你去找男排的叔叔,到医务室给妈拿点药来!"

平时挺淘的儿子,这时突然变得懂事听话了,点点头跑出门去。

第二天,小郑的病情不见好转,而孩子又发起高烧来了。娘俩躺在一张床上。亏得邓若曾教练的爱人蔡希秦来串门,看到这个情景,留下来照顾了她娘俩一天。

袁伟民呢?春节前夕就和邓若曾带着姑娘们南下冬训,正在衡阳为观众打春节表演呢!

一年四季,他什么时候把这个家放在心上呵!她在南京怀孩子时,反应重,呕吐难受,他工作忙,没有回去照顾她。生孩子时,他工作忙,没有回去看望她。孩子都牙牙学语了,还不认识这个爸爸呢!后来,好不容易把她调到北京,照理说,就在身边,可以多照顾照顾了。但她到北京三年,他竟然没有在家过一个团圆年。

忙,忙,忙!他总是没完没了地忙。平日里,早上顶着星星走,晚上顶着星星回。走时孩子还在熟睡,回来时孩子早已进入梦乡。他偶尔也陪夫人看一场电影,但总是那么心不在焉,往往看了后面就忘了前面。可过去他是一个电影迷啊!她交代给他的事,他往往忘到九霄云外,但对外国强队的那些女选手,对她们的长长的名字和身高、打法,却可以倒背如流。他对队里的十几个姑娘的脾性也了解得那么透彻,甚至每个队员在喜怒哀乐时的神情动态,他都可以模仿得惟妙惟肖。

是的,她有权利怨恨他!但是,说来也怪,她一点怨恨之意也没有。过去,她也为我国女排赶超世界水平流过汗。今天,虽然不打球了,她的心与女排姑娘们的心仍然是相通的。她把实现理想的希望寄托在年轻一代姑娘身上,而自己的爱人是这支年轻队伍的教练,所以,她全力支持丈夫的工作,默默地承担着繁重的家务,就连自己和儿子同时病倒的消息也不写信告诉他。而每当他带队出国打比赛,她又为他和她们担惊受怕……

朝夕相处的姑娘们了解他,相亲相爱的妻子了解他,也许,了解得最深的莫过于他的老搭档邓若曾。虽然,邓若曾到国家女排当教练是一九七九年的事,但他俩相识在六十年代初期。

一九六二年,袁伟民从江苏来到国家男排时,邓若曾是这个队的队长和著名的二传手。袁伟民也打二传。他们为了祖国的荣誉,情感交融在一起,汗洒在一起,共同尝过胜利的欢乐,也一道吃过失败的苦酒。一九六六年八月,当世界排球锦标赛在捷克斯洛伐克的布拉格举行时,他们曾用红卫兵的语言发誓:"誓把捷克(世界冠军)拉下马!"那次激战,起先,中国男排使人眼花缭乱的快攻,把捷克队打蒙了,拿下了第一局和第二局,来了个二比零的下马威。眼看,世界冠军的桂冠,就有希望落到中国队的头上。谁知形势急转直下,捷克队加强了封网,钳制了中国队的速度,以十五比十一赢回第三局。第四、第五局,虽然打得难解难分,但中国队最后还是输掉了。当时,主要是怕输的包袱压得他们喘不过气来。输了,回国怎么向全国人民交代?方兴未艾的红卫兵会对他们采取什么"革命行动"?越怕输,就越输,事情就这么怪。

为了打这一仗,他们奋斗了多少年,吃了多少苦呀!攻球手马立克的左臂脱臼,掉了又捏上,捏上再打,先后掉过一百多次。攻球手祝嘉铭膝关节出水,凸起那么高,一抽就是二十毫升。抽完了打,打了又出水……袁伟民为了鱼跃救球,摔在地板上,碰掉了两个门牙……如今,这一切努力和心血,都付之东流了。不轻易弹泪的男子汉们,躲到浴室里号啕痛哭起来了。喷洒的热水和着忏悔的泪水,一直往下流淌。他们是沐着痛苦的咸涩和泪水洗了一个永生难忘的澡啊!

他们又背着怕输的沉重包袱出战南斯拉夫队,结果又以一比三惨败。中国队不用说夺冠军,就连前八名也无望了。南斯拉夫队为他们意想不到的胜利,高兴得抱成一团,在地上打滚。而中国的年轻人傻在场上不知所措。他们输傻了。他们事后说:"当时,真像得了一场大病似的,浑身上下没有了一点力气。"

应该说,袁伟民是这支失败队伍中的一个胜利者。由于他在赛场上的出色表现,大会授予他"最佳全面运动员奖",发给他的奖品是布拉格的著名工艺品——一只雕花玻璃杯。然而,他一点也高兴不起来,全队都输掉了,个人得个杯子有什么意思呢!出于礼节,他还是上台把杯子领回来了。有能力拿冠军,却未拿到,这个滋味有多难受呀!世界排球锦标赛四年一届,一个人的运动生命有几个四年啊?什么叫遗憾终身?这就叫遗憾终身!后来,他把这个精美的雕花玻璃杯摔掉了。他不愿看到这个失败的纪念物!然而,理想的火焰,在他心底始终没有熄灭。在"文化大革命"中,当周恩来总理指示恢复排球队时,他毅然担任了国家男排的队长和二传手,一直打到三十五岁才下战场。

一九七六年六月一日,对袁伟民来说,是一个值得永生记忆的美好日子。这天,国家体委将来自全国各地的一群十八九岁的姑娘交给他,重新组建成国家女排,并委任他担任主教练。这天夜里,袁伟民失眠了。他是那么兴奋,兴奋得心儿都发颤了。他默想着:"把自己没有实现的理想寄托在她们身上,让她们去实现我们的理想……"

袁伟民和他的同事们,开始了新的不遗余力的努力。

一天晚上,有人敲袁伟民的门。开门一看,站在他眼前的是壮壮实实的邓若曾。他刚从国外工作归来。在大动乱的岁月里,他失望过,感到自己为之奋斗了整个青春的理想破灭了。但后来,排球队恢复了,他又看到了希望。他振奋起来了。他想:"我们不行了,但可以培养下一代去争,去夺,中国人总有一天要夺到世界冠军的。"只要有工作,他就抢着去干。他到基层体育学校辅导小孩子们打球,带青年女排出征。如今,他看到袁伟民挑起了女排这副重担,又主动找上门来了。

他一见袁伟民,就坦率而诚恳地说:"小袁,我来当你的助手,咱们一道合作,把女排搞上去。"

说出来是这么简单明了的一件事,他却已经酝酿了好久了。邓若曾的妻子蔡希秦也是一位"排球夫人",是六十年代国家女排的队员。她了解自己的丈夫,也了解袁伟民。她问邓若曾:"你好强,袁伟民也好强。你们好比两条强龙。两条强龙的力量合到一块儿,咱们女排就有希望了。如果两条强龙相斗,那可不得了呀!……"

邓若曾虽然朴实憨厚,但他听懂妻子的弦外之音了。他说:"这点,你放心吧!我一定全力协助小袁工作。我已经四十多岁的人了,不图别的,只图女排翻个身。需要出力时,我往前。有名的事,我往后。"

当时,国家队的教练韩云波已调往八一队工作,袁伟民正在物色一位新搭档呢,他想到了邓若曾。如今,这位老队长亲自登门来了,他是多么高兴啊!

说起来,他们俩搭伙也有不利的地方。邓若曾打球的资历要比袁伟民长。而且,"文化大革命"中,他们还分属于两派。但他们互相了解对方的为人,有着共同的理想和抱负。即使在派仗打得热火朝天的那些岁月里,他们俩也没有红过脸。

袁伟民紧紧握着邓若曾那双粗大厚实的手："咱们一起干！"

从此，他们又开始了患难与共的生活。每当冬训时节，他们总住一个屋子。一天训练下来，姑娘们精疲力竭。这两位四十开外的指导，也背酸腰疼，浑身疲乏。但他们睡得很晚，一起琢磨新的战术，新的打法，一起研究第二天的训练计划。他们总是互相关心，互相体贴，互相支持。陪练、身体训练一些需要花体力的事，邓若曾总是主动揽起来，让袁伟民腾出手来，多观察队员们的技术、战术。而当队员们与邓指导发生矛盾时，袁伟民总是把责任揽过来，维护邓指导的威信。有几次，队员们练着练着与邓指导顶起来了，袁伟民就从邓若曾手里接过球："我来！"于是，他把矛盾，把队员的火气和怨恨，都引到自己的身上来。他们总是这样互相补台，而从不互相拆台。

他俩的性格是截然不同的。袁伟民比较内向，喜欢思索，爱看书。邓若曾是个实干家，性格比较粗犷，喜欢钓鱼，爱好唱歌。他向姑娘们学了不少支优美的歌曲。吃完晚饭，他常常坐在桌前，戴上那副黑边的老花眼镜，对着歌片轻声哼唱起来。

"军港的夜啊静悄悄，海浪把战舰轻轻地摇，年轻的水兵头枕着波涛，睡梦中露出甜美的微笑……"

说实在的，他唱歌的水平并不高，唱着唱着就跑调了，有时调子还跑得挺远挺远的。淘气的姑娘们一边笑，一边拿录音机往邓指导面前一摆："来一个！"

邓指导一本正经地问："来个什么呢？"

姑娘们将他的军："当然，来个最拿手的。"

"好！"邓若曾在录音机跟前站得笔挺，像演员开唱之前一样，先酝酿感情。

"军港的夜啊静悄悄……"

姑娘们知道他迟早会跑调的，都躲到他身后偷笑去了。有时实在憋不住，就笑出声来。但邓若曾已经进入了角色，旁若无人地继续唱着,而且唱得那么动情……

就是敞开你的想象力,也很难想象得出,这么一位爱唱轻柔抒情歌曲的邓若曾,竟然就是在训练场上充当"打手"的那位一丝不苟的邓指导。要知道,他那势大力沉的扣球,不知把姑娘们扣哭过多少回啊!在"冷酷无情"上,他堪与袁伟民相比。他们同是一对"无情人"!但在他们的"无情"之中,却又包含着那么丰富的人类最美好的感情!

香港的鲜花

喧腾的九龙伊丽莎白体育馆,突然静寂下来了。中国女排与南朝鲜女排的决赛,已经打到最后一局的最后一个球。如果中国姑娘再赢一分,就将以三比零的优势取胜,成为一九七九年亚洲排球锦标赛的冠军!

头一天,中国女排已经以三比一击败日本女排。日本女排自一九六二年登上世界冠军的宝座之后,一直称雄亚洲和世界排坛,被称为"东洋魔女"。从一九七六年中国女排重建以来,虽然也赢过日本队几场,但日本队认为,在重大的国际比赛中,日本队仍将击败中国队。这次,中国姑娘们团结奋战,立于不败之地。郎平漂亮的重扣,孙晋芳高超的传球,张蓉芳、陈招娣的顽强拼搏,周晓兰出色的拦网,使得成千成万观众眼花缭乱。外国记者评论说,中国女排的崛起,意味着"东洋魔女"称霸亚洲局面的结束。

最后一个球的争夺,是那么激烈!白色的大皮球忽而飞到网的这一边,忽而飞到网的那一边,紧紧地吸引着几千双观众的眼睛。

"砰"一声,郎平的一记重扣,激起了全场经久不息的欢呼声和鼓掌声,像海涛击岸,像山洪暴发,像飞瀑倾泻。观众们蜂拥到场子里,将一束束散发着馨香的鲜花,献给教练、领队和姑娘们。

中国女排的姑娘们为这个来之不易的胜利兴奋得紧紧抱成一

团。两年前,她们唱着"没有眼泪,没有悲伤"离开日本;今天,她们在香港让欢乐的泪水尽情流淌。鲜花,是观众们送给她们的,她们又将鲜花撒给观众。鲜花撒向哪里,哪里就激起一个欢乐的旋涡。人们都希望抢到一枝中国姑娘撒出来的鲜花带回家去,插到花瓶里,让家人分享这难忘的欢乐。

中国姑娘手中的鲜花撒光了,她们高高举起双手,向沸腾的观众致意。

"亚琼,把这一束花送给你爸爸!"领队张一沛走到一位瘦高个的女排姑娘身边,将一束鲜花交给她。

陈亚琼好像刚刚从梦中惊醒,这才想起来,她在香港的父亲今晚特地来看她打球,此刻还在观众台上呢!

她用感激的目光望望领队,接过鲜花,就向观众台上飞奔而去。

观众都争相伸出手向她要花。亚琼赶忙用抱歉的口吻说:"对不起,对不起,这束花,是送给我爸爸的!"

她的爸爸和她的小侄子看见她了!他们眼里闪动着泪花,双手向她伸过来,伸过来。要不是前头有拥挤的观众挡着,他们会向她飞扑过来的。小侄子很自豪地对周围的观众说:"她是我姑姑!她是我姑姑!"是啊,有这么一位当中国女排主力的姑姑,他多高兴,多自豪啊!

"爸爸,你高兴吧!"亚琼将鲜花送给老人,"这是我们领队送给你的!"

老人高兴地说:"打得好,打得真好!谢谢领队,谢谢大家!"

老人出神地打量着站在跟前的女儿。含着泪花的眼睛看着她,就像隔着一层水,女儿变得模糊起来了。他记得,自己离家时,亚琼才是一个六岁的娇女孩,想不到十七年后,她长得这么高,出落成这么一个有出息的国家女排运动员。

"爸爸,今天晚上我回家住,住几天再回北京去!"亚琼说完跟老人摆了摆手,就往场里走去。

夜已深沉。亚琼靠在汽车软垫上,闭上双目,长长地松了一口气。紧张、激烈的比赛,已经告一段落。女排的姐妹们,明天就将凯旋回国,而她将与在香港的亲友团聚,过几天与内地球队的集体生活迥然不同的香港生活。

四年前,她母亲从内地来香港与父亲团聚,国内就只留下她一个女孩子了。母亲想把女儿带走,对亚琼说:"一块儿走吧!"亚琼态度是那么坚决:"你们走吧,我要留下来打球!"那时,她与排球结下因缘实际上只有两年时间。

一九七二年深秋,十六岁的亚琼从侨乡永春到福州的亲戚家串门。福建体委的一位同志见到了她,连声说:"好,好。"亚琼也不知道好什么,疑惑不解地望着对方。

过了一会儿,那位体委的同志给她送来一套崭新的运动衣裤和一双运动球鞋,叮嘱她:"明天,你就到省女子排球队去!"

她瞪大了惊愕的眼睛,天真地问:"去干什么呀?"

那位同志诙谐地说:"你不是喜欢跑步吗?你就跟在她们后面跑步吧!"

第二天,福建女排的队尾,就出现了这个瘦高瘦高的姑娘。她每天准时到,从不迟到早退。队里见新来的这位姑娘为人纯真老实,就将保管室的钥匙交给她。这是一件不太有人愿意干的苦差事:每天练球前,她得先去打开门,拿出球来。而每天练完球,她得将球背回屋里去,没有气的还得打好气,然后上好锁。这件事,她一直干到一九七八年调往国家队前夕,才把钥匙交给另一个队员。

按照流行的体重计算法,一个人的标准体重,应该是身高减去整数,用零头乘二。亚琼当时的标准体重应该是一五二市斤,而实际上她只有一〇二市斤,太瘦弱了。所以,有的人怀疑她练不出来。但亚琼心里却挺有主见。她想,在队里,我年纪最小,个子最高,而且还在长,为什么就练不出来呢?她憋了一口气,非要练出来不可。

她练得确实太苦了。老队员练完了,省队的教练姚自立总要给她加点"小菜",再练点防守技术。她的确太瘦弱,人们都戏称她为"钢铁将军",因为滚翻救球,只要一倒地,就听到她的骨架碰撞地板发出的声响。疼痛是可想而知的,但她还是勇敢地往下倒。她的两条大腿的胯部,着地多,磨破了皮肉,鲜血渗流。过几天刚刚结上痂,滚翻几次,又磨烂了。就这样,烂了好,好了烂。有时,实在疼得无法着地,她就用男子的鱼跃动作救球。久而久之,她的拦网姿势竟然也形成了自己的独特风格:男子式的跨步上。但有谁知道,她的这一"绝招"是怎么得来的呀!

到了国家队以后,她的最大苦恼是扣球老慢半拍。二传手孙晋芳给她传来一个时机很好的球,但她常常扣不上。为这件事,她急得不知掉过多少眼泪。孙晋芳像位温存的大姐姐,把责任揽到自己身上,总是说:"亚琼,不要紧,这个球算我的!"越是这么说,她心里越是不好受。她明白,自己的扣球动作有毛病。毛病在哪里呢?队里专门把她的扣球动作录了像。教练跟她一起看,一起分析。同伴们也帮她"会诊",她自己也朝夕苦思苦想。有一次,她往墙上甩打实心球,一口气甩打了几十个以后,又上场练扣杀。不知怎么搞的,这天她扣杀得比往日都顺手,受到了姐妹们的称赞。

"今天是怎么回事呀?"亚琼自己心里也挺纳闷,"兴许是刚才甩实心球甩的。"从此,每天训练完了之后,她总要一个人抱着沉重的实心球甩,一甩就是几十个、上百个,直甩得胳膊发酸发麻,甚至抬不起来。这样甩了一段时间,她扣球的动作协调起来了。

…………

父亲的寓所是舒适的。吃过夜宵,又与家人聊了一会儿之后,她躺下休息了。连日的劳累、兴奋、紧张积攒在一块儿,她是困乏了。但她并没有马上入睡,思想的野马又脱缰而跑了。她在想她的事业:

打败了日本队和南朝鲜队，冲出了亚洲，不过是实现了多年来最低的宿愿，中国女排的口号是"冲出亚洲，走向世界"啊。她在想她的姐妹们。她们此刻一定跟自己一样，也没有睡着吧？是啊，真正的目标还在前头。她们不会在掌声、鲜花和庆贺的酒浆中沉醉，她们将继续不懈地努力，奋勇地攀登，为祖国人民去摘取世界排球运动的王冠……

大松博文

在中国女排战胜了日本女排之后，应该写一写这位日本人。因为他在中国排球运动的发展过程中，曾经起过特殊的作用。

一九六五年四月十五日，一位中等个儿，健壮如牛的日本中年人来到了中国。他就是当时奥运会冠军日本女子排球队的著名教练大松博文。他应我国总理周恩来的邀请，来担任为期一个月的排球教练工作。

自从日本女排在头年荣获奥运会冠军之后，大松实际上已经不摸球了。当时曾有一位日本记者问过他："大松先生，你现在想什么？"大松直率地作了如下回答："我想美美地睡一觉，然后陪着我的妻子好好地吃一顿饭。"

但是，当他接到中国的邀请后，又拿起球来了，一个人到体育馆进行了半个月的自我训练，然后才来到中国。

对中国运动员的训练是在上海市南市体育馆进行的。这是一种马拉松式的大运动量训练。他分两班训练中国女运动员，先训练几个省队，然后训练联队。时间是从中午十二点到晚上十点，后来又延长到晚上十二点，甚至翌晨一点。且不说他每天要打出几百几千个变化多端的球，光在场上站立的时间就长达十二三个钟头。

大松的训练是很严的，严得人们都骂他"魔鬼大松"。特别是他创造的那种滚翻救球，使中国姑娘们摔得浑身上下青一块紫一块，腿一瘸一拐的,连站都站不稳。有的姑娘练到后来简直是瘫在地上动不了了。但大松还是一边叫,一边将球猛砸过去。一些被他训练过的姑娘,至今回忆起来还心有余悸。一位当年北京队的队员这样回忆道:"练到后来,我头发晕,眼发花,房子也旋转起来了。但我还得不停地去飞扑大松打来的球。他穿的是条绿色的短裤,扣球时一动一动的,仿佛是两盏绿色的灯笼似的。我不顾一切地紧紧盯着那两盏绿灯笼,奔跑着,扑救着。这时,世界上除了那两只朦朦胧胧的绿色灯笼和模模糊糊的白色皮球之外,我什么也看不见,仿佛连我自己也不复存在了……"

有一位山东姑娘实在忍受不了了,瞪圆了眼睛,大声骂道:"你这个鬼大松,我跟你拼了!"

大松问翻译这个姑娘说什么。翻译机灵地告诉他:"她说,大松你练吧,我才不怕你呢!"

其实,大松已经从姑娘圆瞪的双眼里听懂了她骂什么了。因为,在日本,那些女排选手也这么瞪着怒眼骂过他。

但是,大松还是被中国姑娘的顽强精神感动了。姑娘们咬牙切齿地忍受着连做梦都想不到的"极限训练"。泪水忍不住流出来了,用手抹去,还在扑救来球,而且脸上还露出笑容,虽然是一种哭笑,但毕竟还在笑!有位四川姑娘练到昏倒在地板上,醒来后还让同伴扶着她去接大松不停打来的球。十八九岁的姑娘,正是爱打扮,爱美的时候,但她们在摔伤的背部和臀部绑上了厚厚的海绵,两个膝关节也套上了厚厚的护膝,变得臃肿不堪。大松事后在回忆文章中写道:"尽管变成了那样难看的姿势,但中国姑娘们用手敏捷地抹去眼泪和头上的汗水,仍然紧紧地跟随我训练。她们这时已完全忘掉了自己,拼出去了,这可以说是一种庄严的悲痛。"

而那次意外的长跑,更使这位严峻的日本教练感动得眼圈发红。

那天,上海举行盛大的群众示威游行,通往体育馆的交通完全被堵塞。大松是上午十一点进体育馆的，当时游行队伍还没有完全展开。而联队下午三点多钟准备出发时，车辆已无法通行。

联队从上海市体委打电话到体育馆，告诉大松这个情况，说队伍可能要迟到一个半小时。大松一点也不通人情，固执地嚷道："我不管游行队伍堵塞交通还是大轿车开不过来，必须准时进馆，汽车开不动，那你们就马拉松跑过来！""好的，那我们就跑去。不过，就算拼命跑，也得跑一个钟头。"联队的人说。"一个钟头正够时间。说四点钟到，就必须四点钟到。你们马上开跑吧！"大松说。

一个小时以后，中国姑娘们汗水淋淋地跑到体育馆向大松报到了。

不容易动感情的大松，两眼发热，眼圈红了。他连忙询问她们是怎样跑来的。

姑娘们说，街上都是人，她们是穿过游行队伍的缝隙，绕小巷跑来的。大松打量着姑娘们，只见她们头发湿透贴着脸，身上热气腾腾，衣衫水淋淋的，流的汗比一堂训练课还多。他马上拿起电话，告诉他下榻的宾馆服务员，快送五十个苹果来。他要奖赏这些顽强的中国姑娘。他说："如果在日本，即使让跑来，也不会真跑来。最后只能说声'没办法才迟到'。而中国队员却穿过层层的游行队伍，不停地跑到球场。这些年轻人，只要想做什么，就无论如何要办到。这种精神是伟大的，是一种大有希望的惊人力量。"后来，他又在一篇回忆文章中写道："本来，中国人就有不屈不挠的性格。把这种性格带到了球场上，她们就有了一个绝不动摇的信念：为了国家，一切都要忍耐克服。"

中国姑娘的顽强精神，使大松感动；而中国观众盼望振兴中国体育事业的精神，又使他感到惊讶。

一千人的体育馆，每天座无虚席。许多人一直看到深夜才散去。看到中国运动员练不动时，满座的观众就一起拍手呼喊："加油！

加油！"

于是，练不动的姑娘慢慢挣扎着开始活动。于是，观众们的呼喊声更响，就像阵雷一般。这又给场上的姑娘们注入了神奇的力量，使他们重新站立起来。于是，掌声、呼喊声越发响了。这成千上百的观众不是旁观者，仿佛是自己在经受着一场严峻的考验。

大松深有感触地说："一个人的斗志可以唤起千百人的呼喊声；而千百人的呼喊声，又能激起一个人的斗志；这种光景，在别的国度里是看不见的。"

在中国，最使这位日本教练折服的是周恩来总理。周总理日理万机，却以那么大的热忱关注着中国排球事业的发展。这个印象，他是从与周总理的一席长谈中留下的。

五月二日晚上，人民大会堂宴会厅。周总理坐到大松夫妇中间，难忘的长谈开始了。后来，大松在自己的一本著作中，对这次长谈作了详细的记载。

周总理兴致挺高地说，奥运会的时候，我在电视上看到你们拿冠军时的情况。你当时的心情，我是非常了解的。后来你的夫人哭了，你的两位千金也抱着尊夫人哭了。无论由谁来看，比赛以前的场上情况，都是苏联队赢的可能较大。可是一旦比赛开始，你的选手们是压倒的胜利。大松，我对于那些选手的力量，的确佩服。

总理这么一说，气氛就活跃起来了。接着，周总理问大松，我刚才听说，大松教练有时打选手，有的时候骂，这有点问题，能不能停止呢？

大松说："周总理，我没有恶意，不是恨她们。我像教训自己的妹妹或孩子那样对待她们。要是说，你们都快累倒了，休息休息吧。人在这种情况下一下子就会瘫下去。这，总理你是知道的。要加强意志品质，就要那样。就要刺激她们，'干什么哪！别老发呆呀！再这样就给我滚回山东去！'这样一骂，眼看要倒下的队员就会猛然振奋起来。不激起这样的精神,而在精疲力竭感到坚持不了的时候停止训练,到什么时候也改变不了现状。"

周总理默不作声,两眼炯炯有神地望着他。

大松继续往下说:"我认为如果怜悯运动员,那练习就无法进行。骂的本身就是爱的表现。这和侮辱完全是两码事。不打屁股,就真要倒在地上不动了。这样做,总理也许想,这不是把运动员当牛马吗?但是并非如此。狮子把幼狮顶下山谷,不正是培养幼狮爬坡的本领吗?老麻雀在小麻雀长得差不多时,为了唤起它离开巢窝的精神,也是一连数日不给吃的,这不使人认为是残酷么?我就是抱着这种心肠训练运动员的。不管别人怎么想,怎么说,只要队员们能理解就行。"

周总理耐心地说,可是这样就不好办了。中国人民解放军有三大纪律八项注意,里面就提到不许打人和骂人。还有一条是不许调戏妇女。无论如何对女队员是不许打骂的。

总理把军队的纪律拿出来了,但大松仍然不能接受,他说:"周总理,我是您请来当教练的。我不会侮辱交给我训练的队员的。我只是全力以赴使她们提高技术,使她们成为有坚强意志品质的队员,是为了希望中国成为排球的世界冠军。正因为我是这样想的,所以我才做您要我别做的事情。我请总理对我所做的事不要做声。"

周总理说,那哪行啊,我们有那样的纪律,而我请来的教练破坏了这个纪律,我却对此保持沉默。大松,你想想,那能行吗?队员要拿着三大纪律八项注意来找我,怎么办呢?

大松说:"周总理,我在您面前骂队员,您就把耳朵塞上;打队员,就请您把眼闭上;您就装没听见也没看见。"

周总理换了一个坐姿说,大松,你这话是从何讲起呢,能不能再解释一下?

大松说:"我曾经对中国的教练和医生们讲过,妇女和男子是有区别的。体质上大有不同。男子一开始练习,便拿出十分力量。所以,一垮下来,就是力量已经用到头了。然而,女选手在开始练习的前十分钟,虽然很有战斗精神,不久,也会倒下来。这不是她们惜力。这是因为女性的身体先天是如此的。过两三分钟,是会恢复的。过不久,她们又不行了,又要倒了。这时,如认为她们真不行了,那就不对头,还是要刺激她们起来。不这样锻炼,就不能有充分的训练。外表和实际是不同的。这是因为,精神方面软弱,体力也与男子有异。"

周总理又问,这样猛烈的训练,会不会对妇女的身体发生坏影响呢?这一点,有没有问题?曾经从医学观点研究过吗?

大松说:"完全没有问题,这并不是我信口开河。我曾经和一位详细观察选手状态的医生全盘研究过,不仅对于每一名女选手的脾气,就是对于她的体质,也比选手自己都认识得更清楚。甚至哪一位选手当时的状态是好是坏,也完全知道得清清楚楚。由于有了这一长期经验,在训练中国女选手的时候,从每一位选手的态度和动作,以及面颊、嘴唇的颜色等等,就可以了解,这位选手的疲劳程度如何……所以,周总理,您完全不必担心。绝对不会把选手练死或者练伤的。当然还有妇女们另外担心的事。我在十三年来,一共训练了近八十名选手,每一位都结婚了,都有了孩子。其中,还有生双胞胎的,母子都健康得很呢!"

周总理听到这里,突然哈哈哈朗声笑了起来,关切地问,生双胞胎的那一位,母子三人健在吗?

"都健在呀!"大松答道。

周总理又大笑起来。

大松在后来回忆起这次难忘的长谈时说:"周恩来这位先生非常平易近人,但他有惊人的观察力。在轻松的交谈中,他却看到问题的根本上。我到过世界上很多国家,见过许多总统和总理,却没有见过像中国总理周恩来那样关心排球事业的总理……"

一个月的时间,很快就到了。大松将离开中国回国。在离别的前夕,他还进行了最后一次训练。送别晚宴是在深夜举行的。在席间,他动感情地说,中国有这么多顽强好学的女选手,有这么好的观众,有这么关心排球的国家总理,不拿世界冠军是说不过去的。他送给每个中国姑娘一条毛巾,意味深长地说:"我送给你们毛巾,是希望你们今后流更多的汗水……"

前几年,这位闻名遐迩的日本教练,因心脏病突发与世长辞了。在冈山他的墓前,竖立着一块小小的墓碑,是他的那些已经当了妈妈的排球队员送的,碑文只有六个字:"有志者事竟成"。

年轻一代的中国女排运动员,与大松并不相识。但她们常常听指导和老一代的女排运动员谈起他。的确,他是值得我们纪念的。

十五年前,中国姑娘曾经问过大松:"你们是怎样练成世界冠军的?"

大松回答说:"对人来说,最苦的莫过于战胜自己。运动员和我本人都牺牲了一切,集中精力于排球。一连多少年除了三天年假,一天也不中断练习;在奥林匹克运动会前,一天的练习时间长达十二小时;不断地想出了和做出了世界上谁也没有做过的事——结果就是世界冠军。"

这是一个多么有启迪的回答啊!

警惕翻船

一九八〇年五月十四日夜,上海飘洒着绵绵春雨。中国女排和日本女排的比赛刚刚散场,观众如潮水一般从徐家汇雄伟的体育馆里涌流而出。

场内的观众已经散尽,但体育馆门前依然簇拥着一堆一堆的人群。他们冒雨站在那儿等待中国女排的姑娘们。有的想靠得近些目睹她们的风采;有的想跟她们握一握手,表示一下祝贺胜利的诚意;

还有一些姑娘们的亲友,想跟她们说几句亲热的话语。

今晚,中国女排着实使上万观众受了一场虚惊。三局球,每一局开始时中国姑娘都处于逆境:头一局以九比十三落后;第二局以九比十二落后;第三局,先是以一比八落后,接着又以九比十四落后。总之,这几局球,中国队只要再输二分、三分甚至再输一分,就要败北。许多观众的心都提到了喉咙口,连气都不敢大口喘。但是每一局都出现了戏剧性:中国姑娘只要一打到九分,就奋起直追,比分扶摇直上,一口气追上六分、七分;而日本队的比分,仿佛被钉死在电子显示牌上,再也动弹不得。最后,中国姑娘竟然以三比零又一次击败了日本女队。

过瘾啊,看得实在过瘾!犹如乘一叶扁舟,在江河里穿风越浪,虽然担惊受怕,却能饱尝那种惊心动魄的情景。

一位署名"一个敬佩你们的人"当即给女排写信:"我对别人的要求严格得近乎苛刻,然而看了你们的球赛,却不能不赞不绝口。我从你们身上,看到了中华民族的宝贵品质。技术上的过硬固然难得,但精神上的过硬更难得。日本女队是以顽强著称于世的,而她们却遇到了比她们更顽强的人。你们的顽强精神,使我深深地相信,在你们的心目中,祖国荣誉高于一切。你们打出了队威,打出了国威。你们是中华民族的好儿女!"

一群工人在信中写道:"一个人,一个国家,贫穷落后并不可怕,怕的是失掉了方向和信心。只要敢于正视现实,立志赶超,艰苦努力,一步一个脚印地向前迈进,是没有攻不下的难关的。我们的党和国家是多么需要像你们这样不说空话,踏实苦干的实干家呵!"

……此时,相识的与不相识的人们,三五成群地议论着那些中国姑娘们。

"毛毛的球打得真嗲!"一个戴眼镜的小伙子说。

"毛毛场上的风度也穷嗲呀!"一个壮实的青年附和着。

"毛毛"是一个倍受赞美的人物。

"毛毛"是谁呀？她就是十二号，四川姑娘张蓉芳。她从小就有一股"毛劲"，敢和男孩子一道爬树上房，敢跳进冬天的寒流中搏风击浪。直到如今，仍然保留着一股可爱的毛劲——泼辣顽强。小时候，人们叫她"小毛毛"，如今长成姑娘家了，只好把"小"字去掉，叫她"毛毛"。

她刚上场时，你一点儿都看不出她的"毛劲儿"：微微地弓着腰，左手轻轻地放在背后，两只眼睛细眯着，好像刚刚睡醒，有点睡眼蒙眬的样子。她的个儿，跟陈招娣一样，一米七十四，是队里最矮的。总之，她的神情没有什么惊人的地方。但是，只要球声一响，她就变了副模样，精神抖擞，眼观六路，耳听八方，像一位很有经验的老猎人，眯着眼，是为了紧紧盯住她的猎获物。无论是飞身垫球，还是跃起扣杀，动作都是那么敏捷、快速、准确。扣杀过去的球奇巧刁钻，往往使对方防不胜防。有时因扣杀过猛，摔倒地上，但只要一见来球，又会猛然一跃而起，杀对方一个神出鬼没的回马枪。她灵巧得像山野里的一只猴，勇猛得似丛林中的一只虎。在赛场上，她那张汗水涔涔的脸，总是那么丰满红润，那么光彩照人，透出一种特有的健美。用队长孙晋芳的话来说，"毛毛在场上那才水灵呢！"

……雨还在悄没声儿地飘洒着。在强烈的灯光照射下，这绵绵细雨，犹如从天上垂挂下来的千千万万条银色的彩线，在夜风中轻柔地摇曳飘动。日本客人已经出馆，乘车回下榻的宾馆去了。但仍然见不到中国姑娘的身影。人们开始不满起来。有人大声议论道："想见一见都这么难，中国女排也太傲气了！"

突然，从体育馆门口走出一个人来。人们引颈而望，以为女排姑娘们开始往外走了。谁知，走出来的人是体育馆的一位工作人员。他站在台阶上，大声地对观众们说："请同志们回家吧！中国女排正在馆里补课呢！"

"补课?"观众不解地嚷了起来。

工作人员说:"是的,是补课。她们说,今晚的球赛没有打好……"

"打得好!打得顽强!"观众不平地喊叫起来。

说句公道话,这场球应该说是打得很精彩的。

袁伟民、邓若曾也承认这场球打得不错。在补课开始之前,袁伟民对围拢过来的姑娘们说:"从某种意义上看,这场球比一路领先顺利赢下来还有价值。过去,落后时,我们就没有信心去追赶。而领先时,又怕人家追赶自己。现在,落后时不慌乱,能反败为胜,这是可贵的。这是我们的队伍走向成熟的标志。"

的确,中国女排这些年来经过挫折、失败、胜利的考验,已经成熟起来了。这次在南京举行的国际女子排球邀请赛中,她们先后以三比一和三比零胜了美国队和日本队。在尔后的访问比赛中,再次以相同的比分,赢了这两支强队。今晚是第三次以三比零胜日本女排了。

袁伟民望望不太情愿补课的姑娘们,心平气和地说:"但是,我们要好好想一想,为什么三局球开局时都落后呢?我看,还是我们轻敌了,骄傲了!虽然在准备会上大家也讲了要防止骄傲情绪,但是打起比赛来,还是提不起神。"他停顿了片刻,又语意深长地说下去:"今天补课,就是为了让大家记住,我们开始成熟了,但不能骄傲,如果骄傲了,将来总有一天会阴沟里翻船的。奥运会是四年一次,而我们一个人的运动寿命有几个四年呀?请大家好好想一想!"

本来,有些姑娘对这次补课,心里并不服。她们想,好输不如赖赢,不管怎么说,我们是赢下来了呀!但听指导这么一分析,也就没有再吭气,顺从地拖着疲惫不堪的身躯,又练上了,一直练到午夜十二点多。当她们淋洗完毕,回到上海市体委招待所时,黄浦江畔的海关大钟传来悠扬的钟声,已经凌晨两点钟了。天明之后,她们就将各奔东西,有的去杭州,有的上南京、苏州、无锡……

毛毛将回她的故乡——成都。她这趟回乡与别的姑娘心情不一样,既不是探亲访友,也不是重游故地。在那儿等待她的将是一个庄严的党支部大会。共产党员们将讨论她的入党转正问题。再过几天,她将成为中国共产党的正式党员了!一想起这件事,她的心情就那么激动,把睡意全赶跑了。

她是在十三岁的时候自动找到成都后子门人民体育场要求当排球运动员的。从此,失误、苦练、进步;再失误、再苦练、再进步,使她一步步走向了成熟。

她刚进四川女排时,五个老队员带她一个新队员。她们之中已经有四个成了妈妈了,但仍然和她这个十多岁的女娃娃一道摸爬滚翻。毛毛心里既感动又不安。她心里只有一个想法:"好好练,赶快接她们的班。"

有一场比赛,四川女排打得不顺,毛毛在场上该救的球不救,该扣死的也随随便便扣过去就算了。

回到住地,教练严肃地问她:"毛毛,你今天怎么啦?该救的球,为什么不救?"毛毛坦率地说:"我想,反正这场球要输,打好一个球也没有什么意思。"教练摇摇头,心想:"她呀,还不懂得每球必争的意义呢!"

后来,毛毛写了一个赛后总结,在认识上有了一个飞跃。

一九七六年夏天,她刚进国家队不久,就参加了一场与秘鲁女排的比赛。毛毛传了一个球给四号位的主攻手,没想到,传出了一个刚刚过网的"探头球",自己的主攻手打不着,却被对方的攻球手一锤子打死了,而且打得那么脆。

一九七七年,在世界大学生运动会上,中国女排与美国女排交锋。毛毛怕美国大高个儿拦网,心里一直嘀咕,果然,她几次扣杀过去的球,被美国高大的队员挡了回来。打不死,心里不服,再打,又被挡了回来。虽然,这场球中国队以三比二险胜,但因为多输了两局球,而失去了争夺冠军的机会。

这两场球深深地刺激了这位四川姑娘。她苦苦思索着:"我的个子是爹妈给的,就这么高,再往上长是不可能的。但是,先天不足可以后天补呀!"

袁伟民对毛毛的要求也是格外严,分外高。他希望这个精灵的四川姑娘进攻上有绝招,防守上更娴熟,虽然毛毛自己已经练得那么刻苦,但他有时还要给她"补课"。

毛毛对传球有点"犯怵",他就专拣传球练她。

球,一个前,一个后,一个左,一个右,变化多端地向毛毛袭来。毛毛不吭不响地奔跑着,抢救着,累得上气不接下气,袁伟民给的球难度却更大了。练到后来,毛毛火气也上来了,将球接住,狠狠地往场外一扔。

袁伟民严厉地说:"捡回来!"

毛毛犟着不动。

袁伟民问:"想不想练?不想练就下去吧!想通了再练!"

下去?我偏不下!毛毛与招娣在这一点上略有不同。你说不让练,她偏练。一边哭,一边练。哭是哭,练还是狠练。那神态是,我练死在场上,也不会下去的。

正是这种可爱的犟劲,弥补了她的先天不足,使她练就了一身好球艺:眼快,手快,脚快,球路刁,打吊结合好,防守垫球强。这次在南京国际女排邀请赛中,美国女排身高一米九十六的海曼,在毛毛的扣吊面前也无可奈何。她不再怕高个儿,相反,高个儿被她制服了。

毛毛成熟起来了!在多少次激战的惊涛骇浪中,她像中流砥柱一样,稳稳地屹立其间!

第二天,在向故乡飞驰的列车上,她在沉思默想:一个球队在走向成熟的时候,应该警惕因为骄傲而翻船,那么一个人在走向成熟的时候,难道不也应该好好思考这个问题吗?

中国的"铁榔头"

世界上还有什么幸福能超过人民对自己的信任呢!

四十七次列车离开北京,冲进茫茫夜海,风驰电掣般向南,向南……

在卧铺车厢里,一位高挑个儿的姑娘,凭窗眺望。她颀长、结实、健美。微微鬈曲的黑发拢在脑后,分扎成两绺,轻巧地垂挂着。深红色的运动衫领子,悄悄露在深蓝色的外套上,仿佛是一枝"出墙"的红杏。虽然我们看见的是她的背影,但可以感觉到,在这位姑娘的身上洋溢着青春的活力和蓬勃的朝气。

车窗外,一片漆黑,夜色正浓。只有点点灯火,偶尔从她眼前向后飞逝而去。郎平啊,你是在欣赏祖国大地的夜景呢,还是在沉思默想?也许是那瞬息即逝的灯火,把你带回到昨晚为全国十名最佳运动员授奖而举行的健美晚会上去了吧?

对这位刚满二十岁的北京姑娘来说,那确实是永生难忘的。当她接受鲜艳的花束和银色的奖杯时,座无虚席的首都体育馆里,爆发出海涛般的掌声。何止是到会的一万八千人在鼓掌呢,她仿佛还听到投她票的十几万球迷的掌声和没有投票机会的千千万万普通观众的掌声。她手捧鲜花和奖杯,激动得含泪欢笑了。

她欢笑,但并不沉醉。她深深地懂得,自己是代表女排集体来领奖的。排球运动是一个集体项目,赢得的每一个球都要经过几位同伴之手,都凝聚着战友的汗水和心血。个人球艺再高,如果没有同伴的合作,也将一事无成。她想起了朝夕相处的同伴们:风度翩翩的老大姐孙晋芳,沉着顽强的张蓉芳,敢打敢冲的陈招娣,文静果敢的周晓兰,憨厚纯真的陈亚琼,埋头苦干的曹慧英,和蔼可亲的杨希,沉静灵巧的张洁云,聪慧灵敏的周鹿敏,腼腆壮实的梁燕,活泼爱笑的朱玲,还有那严厉而又亲切的指导、领队……总之,她想起了队里的每一个人。

当她和妈妈随着潮水般的人流涌出体育馆时,她用一条驼色的拉毛围巾,几乎把整个脸都严严实实地遮掩起来,只露出那双明亮的眼睛。奖杯呢?它装在一只又长又大的橙黄色的提包里。她一点也不炫耀个人,把自己融进了普通观众的行列。

回家的路上,她的思绪像滔滔的江水在汹涌澎湃。

银杯啊,怎么这样沉?呵,那里面盛满了自己和战友的汗水。

银杯啊,怎么如此重?呵,那里面装着祖国和人民的殷切期望。

回到家里,已经夜深了。但郎平的爸爸、妈妈还围着银光闪闪的奖杯看呀看,总也看不够。郎平的爸爸,是个球迷。而她的妈妈,却一点也不懂体育。当初,女儿要去打球,妈妈投的是反对票。她看到女儿身体瘦弱,不放心让她去。而爸爸呢,却苦口婆心地说服她。女儿到了球队之后,只要在北京打的球赛,他总要去看。在外地打的比赛,如果他出差路过,那也非看不可。其实,开始时,他对排球的打法也不是很懂。只不过是为女儿打好而高兴,为女儿失误而焦急、惋惜。郎平开玩笑地对他说:"爸爸,你看球,真比我在场上打球还紧张呢!"而妈妈的关心,是别具一格的。她生怕女儿吃不好,每次外出都给她带吃的,什么凤尾鱼呀,糖果呀,总是一装就是一满袋。一九七九年夏天,郎平在四川打比赛,给她姐姐写信说身体不太舒服。妈妈知道了,悄悄给女儿寄去两斤巧克力。巧克力送到郎平手上时,已经化了。郎平手捧着滴着咖啡色糖水的包裹,心里比那炎夏的天气还热。妈妈呀,你可真是一片慈母心啊!近两年来,妈妈也开始看球了。她身体不是很好,多半是在电视里看女儿打球。

郎平回家时,妈妈问她:"哎呀,你们怎么老摔跟斗啊?"

郎平告诉她:"妈妈,那是打球需要,存心摔的。"

妈妈可不管存心还是不存心,心疼地说:"往后不许那么使劲摔!"

郎平跟妈妈说不清,只得笑笑说:"妈,我们以后摔轻一点……"

自从郎平到国家队打球以后,几乎没有机会跟妈妈、爸爸在一起过个团圆年。如今,离春节只有几天时间了,而且她又患着感冒,妈妈是多么希望女儿留在身边多住几天啊!但是女儿的心早已飞了。中国女排不在北京,前几天已经去湖南郴州冬训了。她决定明天就南行,去追赶自己的队伍。温暖的战斗的集体,像一块强大的磁石,深深地吸引着她。

南行的列车,呼啸着飞速向前。此刻,郎平已经困倦了。她曲着腿,躺卧在狭窄的铺位上,沉沉睡着了。趁她酣睡的时候,让我们掀开她打球的简历表看一看。

从孩提时代起,她练过绘画,迷过音乐,又幻想过当飞行员,还想过当工程师。十三岁那年,父亲带她去体育馆看了一场国际排球赛。她惊喜地发现,平日上体育课托不了几下就往地上掉落的排球,在运动员们的手上竟然那么听话,这简直是令人陶醉的艺术啊!于是心里萌生出一个新的理想:当运动员!

别看她现在身高一米八十四,可当时还只有一米六十几,长得又细又高,体重只有七十多斤,体质很孱弱。但她不管这些,自信自己能当一个好运动员。她跑到北京市第二业余体校报名。那儿的教练张嫒庆觉得她太单薄了些,犹豫了片刻,竟然出人意料地同意收下了这个瘦弱的女孩。

她盼着有一天自己也能穿上印有"北京"字样的运动衣,代表首都人民参加比赛。于是,她夏练三伏,冬练三九,成千上万次地挥动长臂苦练枯燥乏味的基本功。有一次,她的脚脖扭伤了,怕回家后妈妈不让她来体校,就星期天也不回家。平时回家她也不忘带个球回去,对着墙壁托球,弄得墙头上印满了排球的痕迹。两年后,她跻身于北京女排的行列,而且成了主力队员,但是,她又多么盼望有一天胸前的运动衣缀上庄严的国徽,代表祖国人民去与世界强队争胜负啊!一年之后,她的愿望又实现了。袁伟民决定起用这位不满十八岁的年轻姑娘参加第八届亚运会,而且让她顶替著名的主攻手杨希,打四号位。

在泰国曼谷,郎平像一颗奇异的新星,在排球坛上升腾而起。在与南朝鲜队的比赛中,她那力大势沉的凌厉劈杀,森严凶狠的拦网,为中国队的胜利立下了汗马功劳。她被称为"中国女排的新兵器"。可惜在迎战"东洋魔女"日本女排时,她的脚扭伤,影响技术发挥,扣杀常常不能奏效。而且在日本姑娘的严密防守面前,她的扣杀也暴露出过于单调平板的弱点。没有打完一局,袁伟民就把她换下来了。比赛结果,中国女排以零比三败北。一位观众来信指责说:"不该在这种关键时刻,起用一个没有把握的新手,这是中国女排的教练用人不当。"这对一帆风顺的郎平来说,是一个莫大的刺激。她感到委屈。于是,她又把目光瞄向世界几个强队的主攻手,发奋追赶。不到一年工夫,她的发奋努力就结出了成功之果。一九七九年末,在香港举行第二届亚洲女子排球锦标赛时,她为中国队荣获冠军立下了战功,被人们誉为中国的"铁榔头"。中央电视台播放比赛实况录像时,荧屏里是一片"郎平!郎平!"的呼喊声;荧屏外也是一片"郎平!郎平!"的欢呼声。她确实像一把当当响的铁榔头,发挥了振奋人心的威力。她的进攻力量,得到了世界排球界人士的高度评价。人们把她称为堪与美国身高一米九十六的海曼和古巴的玻玛列斯媲美的世界三大主攻手之一。

列车急速南行,南行。郎平恨不得列车飞驰得快些再快些。经过三十来个钟头漫长的旅途生活,她终于在郴州与自己的队伍相聚了。她是那么高兴,才离别几天,宛若几年。

郴州的春天,细雨绵绵,无休无止,仿佛是穹窿漏了似的。训练基地坐落在北湖公园里。公园不算大,但有山有水,有楼台亭榭,有喷水池,有金鱼,有群猴,姑娘们的宿舍后面还有一片桂花树林。但郎平是无暇欣赏这一切的。除了饭堂、宿舍之外,只有在那座竹席棚顶的简易训练房里才能看见她挥汗如雨的高大身影。

对郎平来说,这是一次极为平常的训练课。暮色已经降临,姑娘们都已完成了任务,拖着疲惫的身子向宿舍走去。但她还在里面练习发球。袁指导给她的任务是再发三组球,每组三个好球,如发两个一般球或两个失误球,就得再加一组。场里除了郎平"砰""砰"的发球声,就只有袁伟民的裁判声:"一般!""失误!"她发了好一阵,任务不但没有完成,相反又加了几组。郎平抚摸着酸疼的肩膀,有点发急了。她透过墨绿色的球网望了望教练,袁伟民不动声色地伫立着,双手紧抱在胸前。那神态是说:"完不了,别想下课!"没有一点商量的余地。

郎平自言自语地说:"我奉陪到底!"她发狠地拿起球,又"砰""砰"地发了起来。

"停!"袁伟民神态严峻地走了过来,"不要发菜球!累了可以休息一会儿。"

什么叫菜球?郎平当然明白。顾名思义,菜球就是送给对方吃的小菜,即没有威胁力的"和平球"。比赛时,好不容易争回一个发球权,发菜球那是绝对不允许的。郎平暗暗责怪自己,怎么发出菜球来了呢?不行,绝对不行。她走动了几步,挥动了几下胳膊,又叉着腰沉思默想了片刻,重新开始发球。

"砰""砰"的发球声,"好球——好球"的裁判声,一直响着响着,响到很晚很晚。当郎平拖着沉重的步子走出训练房时,一位记者半开玩笑地悄声问她:"指导会不会存心整你?"她用手抹了把脸上的汗水,微笑道:"那可说不准。"袁伟民知道了此事,风趣地说:"今天没有。不过,'整'过她不少次就是了。"

新春佳节来临了。宿舍的走廊上挂起了四盏古色古香的大灯笼,住屋外面的墙头的窗户上悬挂着缀满"梅花"的树枝。女排的姑娘们也休息了一天,开联欢会、放鞭炮、吃花生、嗑瓜子……这些瓜子是哪里来的?是郎平用她所获得的,首都新闻单位举办的"十佳"运动员评奖的奖金买的。

年初二,她们应衡阳市人民的邀请,去打表演比赛。打完比赛已经是晚上十点多钟了,但领队和指导却不让姑娘们走,说是要补一补课。

"郎平,你怎么不动弹呀?"指导点着名呼叫她。

郎平站在场地外边,依然不动。她正不舒服呢。

教练走过来,又一次问她:"怎么啦?"

郎平说:"指导,我有点恶心,想吐。"

教练心里明白,但他还是说:"想吐就吐,吐完了再上场补课!"

教练的心肠就是狠,不近情理!不过,郎平却没有埋怨的意思,你不让她上,她自己还想上呢!她清晰地记得,去年春天,她们出访美国,从香港到斯普林斯,坐了二十多个钟头的飞机。这座高原城市海拔二千多米,疲倦加高原缺氧,使她们非常不舒服。晚上练习时,八个姑娘边练边吐。吐还要练。当时她们真恨教练太不体谅人。但第二天打比赛时,她们却感到精神很好,以三比一赢了美国女排。在整个访美比赛中,她们取得了六胜一负的战绩,其中在旧金山一场,有一局还使美国队吃了一个"鸭蛋"。只有这时,她们才真正明白,教练为什么不顾她们呕吐还要狠心坚持训练。练为战啊!这天晚上,郎平也是怀着这种心情,坚持把课补完的。

这就是袁伟民的"整"。所谓"整",就是有意制造困难,用各种意想不到的手段,来磨炼她。

说也奇怪,郎平却喜欢指导的这种"整"。虽然有时"整"哭了,觉得苦得受不了,但下来后又感激指导,希望指导以后再"整"自己。

因为她明白自己在队里挑大梁的地位。世界上的几个强队,谁不研究她!他们把她的技术动作拍成电影,录了像,正在作为"强敌",研究攻克的对策。要想使榔头继续敲响,就得不断锤炼。而教练的每一次"整",不都是对自己的一次锤炼吗?

千锤百炼吧,中国的"铁榔头"!有朝一日,当祖国人民需要你"一锤定音"时,切盼你能够敲得重重的、响响的,敲出我们的国威来!

把掌声分给她一半

"外行看热闹,内行看门道。"一般人看排球比赛,往往把自己的热情,全部倾注在"一锤定音"的攻球手们身上。而内行的观众,却总把自己的掌声和欢呼声,分一半给场上的灵魂——二传手。

二传手孙晋芳,是中国女排的队长。身材匀称,体格壮实健美。在高个如林的同伴中,她的个头并不算高,也许还稍微矮了一点。两只眼睛是细眯着的,一流汗,就眯得更细。难怪同伴们都亲昵地称呼她"小眯"。不过,透过那细眯的眼缝,闪射出来的却是机敏、聪慧而又幽默的目光。她的神态从容不迫,颇有一种大将风度。

仔细的观众不难发现,场上每一个球,在杀向对方之前,几乎都得经过她的手。而她的传球技艺,高超得惊人。无论多么险恶的来球,只要经过她的手一调整,一缓冲,顷刻间就化险为夷,变得平和起来。对于她的球艺,一位体育记者曾经作过如下的描写:"如果说向她飞来的球像一团团熊熊燃烧的烈火,那么,从她手里飞走的球已经变成一缕缕袅袅青烟……"自然,这是艺术夸张,不过,看她打球时又确确实实有此种感觉。

孙晋芳是江苏人,说一口像音乐似的婉转动听的苏州乡音。小时候,人家都说她瘦弱得可以被一阵风刮跑。胳膊肘也细得像一掰就能折断。一位弱不禁风的姑苏少女,怎么会成为闻名世界的优秀运动员呢？是学校里的体育老师看中了她，把她推荐给青少年业余体育学校，此后，命运之神就使她和排球结下了不解之缘。

她朝夕苦练的动人情景，是难以一一描述的。让我们展示其中的一幕，而且是她在训练之余自我苦练的一幕。

石头城南京，孝陵卫宿舍的走廊里。孙晋芳和她的球友张洁云正在练习托球。也许是走廊的廊顶过于低矮，或是两边的墙壁过于拥挤，托不了几下，球就碰落地上。但她们不泄气，捡起球，又一下一下托起来。三伏天，南京是闻名全国的大火炉，闷热得厉害。室外有的是空旷的天地，干吗非要在走廊里练球呢？这是大有道理的：在这又矮又窄的地方如果能传递自如，那么到空旷的球场上传球就更加得心应手了。汗，汗，如雨的汗！原来蓬松漂亮的头发，湿淋淋的，已经粘到一块儿去了。运动衣衫的颜色被汗水浸染得由浅变深，只要轻轻一拧就可以拧出一摊汗水。她们简直像两个刚刚从水里钻出来的人。一边托，一边数，一、二、三、四……一直数到五百多下。廊顶仿佛突然升高了，墙壁和门窗也似乎向两旁闪开，狭小的走廊啊，宛如变成了一个无边无垠的空间。更神的，还是孙晋芳的那双手，仿佛变成了两块磁石，吸引着飞舞的白球。

有一双挥洒自如的手固然是至关重要的，但作为一名优秀的二传手，还必须具有宽大的胸怀。用姑娘们自己的语言来形容，那就是心里要能撑进去一条船。二传手是无名英雄，掌声一般都冲着攻球手，而责怨却常常落到她的头上。而她的自尊心又强，脾气又倔，心海里还曾经有过不少阻挡船只撑进去的暗礁。

这是发生在一九七九年夏天的一件事。中国女排访日比赛的最后一场。中国队轻取前两局，从第三局开始，处于逆境。新手郎平的重磅扣杀，屡不奏效。孙晋芳提醒她："郎平，注意攻球线路！"郎平竟然毫无反应。过了一会儿，郎平冲着她说："给球高一点！"小孙心里掠过了一丝不悦的阴影。球，在场子里飞过来飞过去，仿佛是一个任人摆布的无情之物。其实,它还是有情有意的。运动员的喜怒哀乐,即使是瞬息的变化,都无不在它的身上反映出来。尽管袁伟民还不知道场上发生了什么矛盾,但从性格外露的苏州姑娘撇起来的嘴巴上,已经洞察到小孙心里有了不痛快事。他叫暂停,把她换了下来。因为场上的局势正吃紧,袁伟民不能离开指挥岗位,便叫坐在身边的邓若曾去跟她谈谈。

邓若曾心里窝了一肚子火。他是队里谁人都知的恨铁不成钢的婆婆嘴。心是好得没法子说,嘴上却数落你个够呛。他对孙晋芳说:"不管场上出现什么矛盾,你也得把球打好。有什么事,下来再解决,这是祖国荣誉攸关的事!"

小孙重新上场时,嘴倒不撇了,也想扭转败局,但遗憾的是怎么也扭不过来,最后还是输掉了这场球。

回国后,领队和教练又相继找她谈心,党小组也开会帮助她。起先她心里还不服。心想,一个新队员,在场上竟然不理睬一个老队员和场上队长的提醒,而且还用那样冲的口吻要求老队员,未免太那个了吧!她跟郎平住一个屋,有几天进进出出都相对无言。但小孙毕竟是个心里藏不住事的姑娘,有天晚上,终于开口了:"郎平,那天场上,你对我的提醒怎么理也不理呀?"郎平惊讶地问:"你提醒我什么来着?场上吵闹得太厉害了,我一点也没有听见呀!"

糟糕,真糟糕!原来是自己误会了人家。当然,郎平年轻气旺,性子也直,老扣不死球,心里焦急,说话口气可能冲了一点,但郎平自己并没有意识到,何况这是一个误会呢。即使郎平真的责怪她,自己也应忍辱负重,以祖国荣誉为重呀!输球的原因,当然是多方面的,但她与主攻手配合失调是一个不可饶恕的过失。要知道,在二传手与主攻手之间,是不能有半点疙瘩的。她悔恨自己心胸不宽阔,决心继续磨炼自己,要把心海中的暗礁一块一块炸平。

看,她是用多么顽强的意志在磨炼自己啊!

明明她是忍受着腰伤坚持训练,但指导却一个劲地点她的名:"小孙,把大家的情绪调动起来!"她不知为此类事抱过多少委屈:又不是我不好好练,干吗老盯着不放呢?指导却说:"你是队长,是全队的灵魂,对你要求就是要不一样。"有时,袁伟民还存心找茬"整整"她。

那天是孙晋芳一个人练防守。不知怎么回事,她的嘴又撅了起来。袁伟民和邓若曾心想,今天就要整整你的这个倔脾气。他们对场上的其他队员说:"你们都不练了,过来看小孙练!"小孙一听,更不高兴。打了这么多年球,她还是头一次碰上这一招呢!我又不是没有完成任务,干吗要跟我这么过不去?但当着这么多队友的面,不好发作,只得强压着心里的火气。

袁伟民对围拢过来的姑娘们说:"今天小孙什么时候说练顺了,就完事。"他不停地给她扔球,小孙前后左右扑救。姑娘们站在一旁为自己的队长呐喊加油。小孙的脸仍然绷得很紧,一丝笑意也没有。

第二次休息之后,孙晋芳终于说了:"指导,我气顺了。"但脸上还是没有一丝笑容。

袁伟民心里也明白,嘴上说是顺了,心里并没有顺。不过,对孙晋芳来说,能当着这么多人的面说出这句话来,还是很不容易的。

当晚,袁伟民找这位同乡谈心。他推心置腹地对她说:"心里的疙瘩还没有解开吧?"小孙突然来了一句:"我的犟劲是向你学来的呀!人家都说你当运动员时,比我还犟呢!"袁伟民笑笑:"犟劲也有好坏之分。你不要学我不好的那种犟劲嘛!"小孙脸上终于有了笑容了。袁伟民语重心长地接着说:"不是我和邓指导要你小孙拜倒我们脚下,服服帖帖地顺着我们。不是的,这是场上的需要,事业的需要。你想想,你是场上队长,我们的指挥,我们的战术意图,都是要通过你去实现的。一局球,我们只能暂停两次,每次只有半分钟。我们的意见再好,你不去兑现,也等于零。况且,你的喜怒哀乐,你的情绪起伏,会直接影响队员,影响胜负……"

这些亲切、真诚的话语,像一股温煦的春风,吹进了她的心扉。她的气,真正顺了。

船呀,终于撑进了她的心海!她熟知每一个同伴的性格、脾气、身体和技术,比赛时总号着她们的脉搏给球。郎平的性格爽朗,兴奋时容易跳早,球要给高些。她身体疲惫时,容易跳不起来,球要给近网,不给远网。招娣敢打敢拼,是一员虎将,但有点愣,发急时,不能轻易给她球,而要提醒她:"招娣,别急!别急!"毛毛勇敢倔强,技术全面,什么球都能打,不过给球还是宁近勿远,宁矮不高,宁快不慢。晓兰性格内向,稳得住。亚琼不能埋怨,要多鼓励。梁艳年轻,眼疾手快,给球的速度要跟得上……

凭着她对每个同伴的这种细致的了解和充分的信任,也凭着每个同伴对她的了解和信任,六个上场队员默契得恰似一个人一样。你看,在发球前的一刹那,同时有两三个攻球手把手伸到身后,向她发出打什么战术的信号。她如电的目光飞扫而过,灵敏的头脑迅速进行分析,而且马上用手势回答同伴……于是,一套套令人眼花缭乱的快速打法:平拉开、短平快、交叉、背蹓……纷纷呈现在你的眼前;一幕幕惊心动魄的战斗场面,就由她导演出来;一支支悦耳的乐曲,由她指挥而生。

一位观众写信赞扬她:"……看你打球,使人想起了听交响乐,在你的指挥棒下,可以演奏出各种各样旋律不同的优美乐章。"

现在,孙晋芳已经是一位"世界优秀的二传手",是一个成熟了的沙场老将。但她的年龄也随着增大了,今年已满二十六岁。"老"与伤又往往是一对孪生姐妹。腰伤较重,病痛常常折磨着她。在赛场上,她始终是那样斗志旺盛、生龙活虎,一走出赛场就往往直不起腰来。去年南京国际女子排球邀请赛时,中国女排力挫日本队和美国队,为了打好这次比赛,她赛前打了封闭针。发奖那天,中国姑娘们高举奖杯向观众致意,孙晋芳不得不用手扶着自己的腰。

如果把中国女排的姑娘们比为一颗颗璀璨的珍珠,那么,孙晋芳就是一条闪闪发光的金线,把颗颗珍珠串连在一起,中国女排才成为闪耀着奇光异彩的战斗集体。

应该把欢呼声和鼓掌声分一半给她!

女儿国里的小伙子

如果说,孙晋芳是赛场上的无名英雄,那么,他则是中国姑娘"走向世界"的一块闪光的铺路石。

在南国的小城郴州体育馆里进行的表演赛,已经打了好一阵了,突然观众台上爆发出一阵愉快的笑声。那些本来就爱笑的女孩子们,已经笑弯了腰,笑出眼泪来。

笑源就在一个混杂在中国女排姑娘队伍里的小伙子身上。他穿着一身紫红色的女运动服,正在场上跟姑娘们一道打球呢!据说,有位女排姑娘受了伤,上不了场,他就顶替了她的角色。如果不细看,你几乎分不出他是姑娘还是小伙子。他的个头,比招娣、毛毛、孙晋芳稍高一些,但比起郎平、晓兰和亚琼来,却要略矮一点。今年二十四岁,年龄倒跟几位老队员相仿。身材匀称,秀气,鼻梁挺直而高耸,肤色白皙,爱脸红,老是那么腼腼腆腆的,还真有几分姑娘味儿。

人们不禁会问:"中国女排里怎么掺和进来这么一位小伙子呢?他打哪儿来?……"

一九七九年初秋,一趟四十六次列车离开福州,向北京飞驰。依窗坐着一位清清秀秀的小伙子。从他高挑的个头和服装上,一眼就可以看出,这是一位年轻的运动员。他仿佛有什么心事,一直默默地端坐着,眺望着金色的原野。突然,他轻轻地摇了摇头,脸也红了起来。

他情不自禁地伸手摸摸装在衣兜里的介绍信。原来,他是福建男子排球队的一名青年运动员,如今北上是去国家女子排球队报到。一个男排运动员,到一支女子排球队去干什么呢?

刚接到领导上的通知时,他心里也这么纳闷地思考过。

省体委的同志告诉他,国家女排很快要去香港参加第二届亚洲排球锦标赛,需要一个男陪练。

啊,他是去当陪练的。一想起今后将整天跟姑娘们生活在一起,他的心就禁不住怦怦地跳动起来。他是那么腼腆,总觉得一个男子汉到姑娘堆中去,挺不自在,怪不好意思的。不过,他心里却清晰地记着队友们的临别赠言:"好好干吧,为我国女排冲出亚洲,走向世界,出一把力!"

不管小伙子心里是怎么想的,列车已经按照自己的运行轨道,隆隆隆地把他带到了北京。

小伙子刚来女排时,那么多姑娘用各种目光打量他。姑娘们笑着、说着,大大方方的,脸都没有红,而他的脸却一直红到了耳根,连头都不敢抬起来了。

怎么称呼他呢?他姓陈,名忠和。叫陈忠和吧,好像不够尊敬。叫陈指导吧,他又那么年轻,比几位老队员还小一两岁。不过,姑娘们是够精灵的,眼睛一眨,就能想出一个主意来。她们在"陈指导"前头加了一个"小"字。

"小陈指导!""小陈指导!"也不管小伙子同意不同意,姑娘们就这么亲亲热热地叫开了。

他更不好意思了,自己是一个省队的普通队员,而她们都是闻名遐迩的国家运动员,这么称呼他,怎么敢当呢?

"我是来陪练的,叫我小陈吧!"他真诚地这么恳求着。

姑娘们一边笑,一边说:"别那么谦虚了,小陈指导!到时候,手下留点情就是了。"

陈忠和根据教练的要求,上场陪练了!别看姑娘们在下面一声一个"小陈指导"的,在场上完不成任务急眼时,可会拉脸了。有一次,他发球,姑娘们垫球。有一位姑娘老完不成指标,就埋怨他,说他的球发得太狠太快。起先,只要姑娘们一嚷嚷,他就依着她们。发球时,软一点;看球时,松一点。可是,袁伟民和邓若曾两位教练不依,一再叮嘱他:"小陈,对她们要严一点!"

他感到多为难啊!松一点吧,两位教练不满意;严一点吧,有的姑娘给脸色看。夹在中间的味儿,真不好受呀!

夜晚,他躺在床上,暗暗思忖:"我到国家队来是干什么的呀?是来陪练,而不是迁就,我应该当主人,而不应该当客人!"

两位教练也常常鼓励他:"小陈,大胆要求她们,我们给你撑腰!"

这天,姑娘们练习发球。小陈站在网的那边当裁判。每个姑娘的指标是发十五组球,每发三个好球算完成一组。

球,飞过来,落在地上。这个球是好是坏,还是一般,全凭小陈一句话。如果他松一松,任务完成得就快。如果他紧一紧,完成任务就难。

大多数姑娘的任务都完成了。还剩下两位姑娘没有完成指标。发球是这天训练的最后一项任务,她们都希望早一点完成,可以早点休息。晚上还有一个吸引人的电视剧,姑娘们都想看一看。所以,球刚一出手,姑娘们就一起呼喊:"好球!"小陈明白姑娘们的心意,说实在的,看到她们酸疼得胳膊都抬不起来的模样,也打心眼里同情她们的困难处境。但是,他还是一丝不苟,秉公裁判,喊道:"一般!"

姑娘们急了,冲着他喊:"唷,这个球还一般?"

小陈听见了,头也不抬。发球的姑娘见他毫无改判的意思,只好挥挥胳膊,重新开始发球。

小陈默默地站在那儿,不慌不忙地继续裁判着:"好球!""一般。""失误!"……

他心里明白,平日训练得严,正是为了比赛时过硬。反正姑娘们拿他也没有法子,总不能冲过网来揍他吧!何况,在他的身后,还站着两位严厉的指导呢!

下了训练课,有的姑娘淘气地说:"小陈指导,你也厉害起来了!"嘴上是这么说,其实,姑娘们都喜欢他对自己"严"。在场上拉了脸的姑娘,下来后就找他道歉。

他总是红着脸笑笑,挺恳切地说:"我是陪练,任务就是陪你们好好练。我要对你们负责呀!"

他做什么事都这么认认真真的。为了赶超世界上的几个强队,需要有假想敌。他又扮演起这些假想敌来。而他过去对自己要扮演的对象,连一次都未见到过。他耐心地向两位教练和女排姑娘们了解情况,自己又一遍遍地看录像,白天夜晚细细琢磨,一招一式地模仿,居然还真的模仿得惟妙惟肖。

于是,姑娘们除了称呼他"小陈指导"之外,又称呼他那些扮演的外国名手们的名字。上场时,他的动作,他的架势,多么酷似那些模仿对象啊!但他的性格,却依然那样朴朴实实;他的表情,依然如此腼腼腆腆。

像"小陈指导"这样的小伙子,在中国女排这个集体里,其实并不罕见。如果把先后来当过陪练的小伙子的名单都开列出来,那将是长长的一串。如果,再把那些默默地作着自己的贡献的随队医生,也加上去,那么,这支无名英雄的队伍,就更可观了。无名英雄们为中国姑娘攀登排球运动的世界高峰,铺筑一道道前进的台阶。但在比赛场上,你见不着他们的身影;在光荣榜上,你找不到他们的名字;在电视荧屏里,你看不见他们的面容。

不过,他们确确实实又是"女儿国"里的忠诚公民。他们生活在中国女排这个可爱的集体里,把自己的美好希望融化在姑娘们的理想中……

爱情啊,请你晚一点来

人类的寿命在延长。而运动员的"运动寿命",因为人才辈出的加速,却在缩短。对一个运动员来说,能创造优异成绩的"黄金时代"是很短暂的。

女排姑娘们深深意识到这一点,惜时如金,把自己的精力高度集中到心爱的排球事业上。

但是,她们并不是生活在"真空"的社会里。在那些雪片般飞来的观众的信件中,未免也夹杂着一些青年人的求爱信;在那千百万的球迷中,总少不了一些痴情的追求者。甚至,还有从异国送来的温情。但是,不适时机撒下的种子,是不会发芽开花的。面对着一封封情意缠绵的求爱信,面对着一件件别有一番情意的礼物,面对着一张张小伙子英俊的照片,姑娘们不知多少次虔诚地祈求:"爱情啊,请你晚一点来!"

不过,随着年岁的增长,爱情还是悄没声儿地降临到她们之中的几个老队员身上了。

社会上不是流传过姑娘找对象的"十条"吗?什么一套家具,二老倒贴,三转一响,四季服装,五官端正,六亲不认……还有什么收音机要带照片,缝纫机要带锁边,自行车要带冒烟……那么,我们女排姑娘交"朋友"有什么条件呢?

一位排球姑娘曾经这么考验过她的"朋友"。她显得很苦恼的样子,向她的"朋友"诉说:"唉,我老了,又有一身伤,打不了那么久了,你赶紧打'报告'吧!"她的"朋友"一听,赶忙摇头,挺为难地说:"那怎么行呢!现在国家正需要你出力……"这位姑娘笑了,高兴地说:"你呀,凭这一条,就'达标'了!"

当然，别的条件还有，但这是诸条件中至关重要的一条：她们的"朋友"必须在事业上全心全意地支持她们！

老队长曹慧英身体康复之后，已经二十四五岁了。在社会上正是青春妙龄，而在体育运动员中却已经列入"老"字辈了。如果讲名誉地位，她提了干，入了党，还当选过人大代表，应该说，一个优秀运动员所能得到的，她都得到了。况且，有的医生还不同意她继续打球，说搞不好造成肺穿孔，后果就不堪设想。见好就收，见台阶就下，这不正是有些人津津乐道的吗？但是，曹慧英却选择了另外一条艰难困苦的路。她对她的"朋友"说："一个人的运动寿命本来就不长，我一住院一疗养，又耽误了许多宝贵的时间。我要尽量延长一点，哪怕再打上两三年也是好的。过了这几年，要想再为祖国争光，那就没有机会了。吃点苦，流点汗，甚至冒点风险，都是值得的。这样做了，将来回想起来，自己就不会后悔。"她望着"朋友"问道："你支持吗？"她的"朋友"早已听懂她说这番话的良苦用心了，爽朗地笑着说："慧英，你打吧，打多少年，我都等你，等你哪一天不打球了，咱们再结婚。"

曹慧英归队时，周晓兰、郎平、陈亚琼等几位新秀已经成长起来。她虽然打不上主力了，但她甘心情愿当替补。她想："到关键场次，哪怕能上去顶一局半局也好呀！"如今她已经二十七岁了，是队里名副其实的"老大姐"。她身上虽然有伤病，但英勇泼辣并不减当年，还是那副"要球不要命"的劲头。

二传手孙晋芳的"朋友"，对体育的爱好本属一般，但自从结识了小孙之后，仿佛受到了传染，也迷起排球来了。有一次，小孙拿着"朋友"来信，笑着对队友们说："你们看，他多有意思啊，本来不爱看电视，放我们的'网上群星'时他去看了，从头看到尾。"其实，何止去看电视呢！他还订阅了《体育报》，浏览各种体育刊物，见到有关排球的消息、资料，统统剪下来，贴成一本。他对小孙说:"你是搞体育的,应该搜集资料。眼下,你既然顾不上,我来帮你搜集。"

球队登上飞机出国访问。一位刚刚交了"朋友"的姑娘,从舷窗俯视着渐渐变小了的送行的人们,眺望着渐渐远去的美丽的首都,陷入了沉思默想:

"以前是自己孤身一人,到哪里都无所谓。现在不一样了,有个人牵着自己的心。要干一番事业,就必然得抛弃一些东西,做出一点牺牲。少见面或暂时不见面,也可以算是一点小小的牺牲吧!……人是要有点精神的。特别是一个青年人,要为实现自己的抱负和理想去奋斗。如果整天沉浸在绵绵的情意之中,就会丧失自己的理想,使精神空虚,甚至葬送自己的一生。要把爱情作为动力,更好地激发自己的干劲,更好地工作,这才是八十年代青年应取的态度。……朋友,再见吧!任务的顺利完成,将会给我们以后的见面带来更加绚丽的色彩!让我们在广阔的天空里比翼齐飞吧!"

深深的海洋

炎热的夏天,女排的姑娘们到秦皇岛海滨作十天半月的休息和调整。比起训练馆和体育馆来,浩瀚的大海,是一个神奇的世界。往日,不断向她们飞袭而来的是白色的大圆球;而今,展现在她们眼前的,是大海上数不清的洁白的雪浪花;往日,她们脚下踩踏的,是坚硬、光滑的地板;而今,在她们脚下向远方伸延的,是潮湿、细软的沙滩;往日,在她们耳边响着的是"砰砰"的击球声;而今,在她们耳际轰鸣的,是大海的浪涛声。姑娘们爱大海!爱日出和日落的壮观,爱狂涛巨澜,爱辽阔和粗犷……

大海扬波,靠地球自转、潮汐和飓风;那么,姑娘们心海里的波涛,靠什么力量激荡呢?

这里,不妨展读几封观众的来信。

一位大苗山的瘫痪青年在信中写道："今天是我二十六岁生日。往年过生日，我都是在极度痛苦和悲伤中度过的。我是个患风湿瘫痪病的青年，已经在床上度过了十二个年头。可是，今天，当听到你们胜利的捷音后，我哭了，是幸福和激动的眼泪……"

北京的一位大学生在信中写道："现在我们才真正体会到，体育能激发人们的爱国热情。当五星红旗升起的时候，当国歌奏响的时候，作为一个中国人，谁能不为此感到骄傲，真恨不得对这茫茫的苍天，茫茫的大地，喊一声：'我是一个自豪的中国人！'而这一切一切令人感动不已的成绩的得来，全靠你们平时的汗水，战时的毅力和拼命精神，你们是当今当之无愧的最可爱的人。"

河北的一位省政协委员竭力赞扬排球队的那种"坚韧不拔"的精神。他在来信中说，全国同胞只要有这种坚韧不拔的精神，就能早日实现"四化"。这位老人向中央建议，将"坚韧不拔"的精神定为"国魂"。

一位年轻的教师在信中说："国家兴亡，匹夫有责。由于你们的胜利，为国家民族争得了荣誉，唤起了全国人民，特别是青年学生的爱国热情，也唤起了我对国家前途的信心，使我心灵深处的一潭死水重新荡漾起希望之波。我以前看不到出路，只是徘徊。现在我看到了，为了民族，为了中华之觉醒，我们这一代不能徘徊，要奋斗，奋斗！"

这些信件，是我国男女排在香港世界杯排球预选赛获胜后收到的。不是几十封、几百封，而是成千累万，从祖国九百六十万平方公里的土地上，像雪片般向她们飞来。观众们除了表示庆贺之外，高谈阔论的并不是排球，而是"精神主粮""国魂""理想""信心""希望"……居住在首都的青年们，则把她们请去，尽情地向她们抒发被排球所激起的爱国热。她们永远忘不了，来到北京大学时，青年学生们一边高呼着"团结起来，振兴中华"的响亮口号，一边把她们裹进了人流。从西门到礼堂,只有一二百米的距离,学生们抬着她们,簇拥着她们,走了一个多钟头,沿途,学生们挤掉的鞋,不下于上百只。

数不清的观众的来信,广大青年的爱国热情,犹如千万股滚滚的爱国热流,汇成了一个汹涌澎湃的海洋。观众们的每一句热情话语,少先队员们送来的每一条鲜艳的红领巾,幼儿园小朋友们寄来的几分硬币,港澳同胞语重心长的叮嘱……这一切无不在姑娘们的心海里掀起一朵朵雪浪花。姑娘们清晰地听到,每一个浪涛都在响亮地呼喊:"为国争光,振兴中华!"

当读者们读到这篇拙作时,引人瞩目的世界杯排球赛该已经结束了。笔者写作时,尚无法预测这次世界大赛的结果。赛前,中国女排的姑娘和她们的指导都十分清醒,争夺世界冠军桂冠的道路并不平坦,赛场上将是一连串翻江倒海般的大搏斗。当然,与四年前相比,中国女排的阵容更整齐强大了,技术、战术也有了显著的进步,她们堪称世界第一流的队伍。用运动员们自己的话来说,离顶峰只差一个台阶了。用徐寅生的话来形容,中国女排与世界冠军只隔着一层纸了。但要登上这最后一道台阶,要捅破这一层纸,并非易事。不过,不管征途上有多大的困难,我们的姑娘们都决心奋力去登攀。四年前,姑娘们唱着"没有眼泪,没有悲伤"的歌,从日本回来。这次她们该唱着一支什么歌回来呢?

当今世界排坛强手如林,赛场的风云是很难预测的,会出现某些偶然的因素。但无论胜败如何,三十年来她们为"走向世界"所作的努力,她们代代相沿的为祖国荣誉而搏的精神,都是值得赞扬和讴歌的。使人欣慰的还有,就在她们身后,比她们更年轻的一批新手已成长起来,并且正迅速地走向成熟。她们将不间断地搏斗下去,追求下去……

她们追求的目标是世界冠军吗?是的,又不尽然。她们一代一代苦苦追求的,是祖国母亲的伟大前程啊!

写在末尾的话

春节的爆竹,还在空中鸣响,我就匆匆南行,到湖南的小城——郴州,去追赶中国女排了。

行前,听说袁伟民的爱人和孩子病了,特意去看望了她们。袁伟民的爱人郑沪英千叮万嘱,别将她娘俩病倒的消息告诉她的丈夫。她说:"他这么忙,别让他为这些事分心。"邓若曾的爱人蔡希秦,送来一小包花生米,托我带给她的丈夫。她深情地说:"他爱吃这个,带一点意思意思吧!"她的独生子,十多岁了,但身有残疾,至今没有上学,父亲不在,闹得挺厉害。小蔡几乎管不住他,心里煞是烦恼。前些天,她写信给邓若曾时,情不自禁地流露了几句。她说:"我真后悔给他说这些事。你一定要告诉他,孩子现在好了,没有什么事,让他放心。"

列车在夜色中南行。我的思绪,被这两位"排球夫人"朴素而又深情的话语,深深激动。丈夫为了排球事业,南征北战,顾不了家,妻子不仅无怨言,不责备,而且默默地承担着繁重的家务,承受着生活中的各种烦恼,全力支持和激励丈夫努力工作……人们常说,在眼下的中国,一个家庭里,如果有一个人在事业上要有所作为,多半就得有一个人做"垫背",作出一些牺牲。这两位"排球夫人"(六十年代的排球女运动员),不正在作着这种牺牲,支持丈夫在事业上的奋斗吗?

从她们身上,我又联想到成千上万曾为女排赶超世界水平流过汗、出过力的中国姑娘和她们的教练、领队。六十年代,我当体育记者时,曾经在许多地方亲眼目睹过女排姑娘们的冬训生活。千百个姑娘,汗水和着泥水,在中国大地上滚翻救球的壮烈场景,至今还历历在目。她们虽然已无缘登上世界排球运动的峰顶,但无疑都是中国女排走向世界道路上的一块闪光的铺路石。

不过,以往我还没有一次机会,像这次这样,与中国女排姑娘们朝夕相处。郴州,以它特有的绵绵阴雨迎接我这位北方来客。在那里,我住了二十余天,但只见到过半个晴天。无声无息的雨丝,仿佛永远也拉不断、扯不完似的。说实在的,她们的训练生活,远不如比赛场景那么好看。但从训练中,又能看到许许多多在比赛场上看不到的动人情景。生活是那么单调,训练是那么艰苦,但中国女排的姑娘们却心甘情愿默默地忍受着……

深夜里,我躺在床上,耳听着窗外淅淅沥沥的雨声,苦苦地思索着。中国女排创建近三十年了,她的成员更迭了不知多少,但有一种崇高的精神,却在每一代运动员中闪闪发光。究竟是一种什么精神呢?啊,那是一种伟大的爱,对我们祖国和人民的深沉的爱。正是这种深沉的伟大的爱,使中国女排新老运动员们为此忘我,如此痴情!

同样是这种深沉的爱,激励着我,点燃了我心中写作热情的火焰。今年夏天,北京市格外的炎热。但我内省的激情比这天气还要火热。在一天繁忙的工作之余,我伏案挥汗写作。在一个多月的业余时间里,我匆忙地写下了这些粗糙的文字。

记得,著名的法国作家巴尔扎克曾经说过这样一句名言:"从来小说家就是自己同时代人的秘书。"那么,作为一个报告文学作者,则更应该是自己同时代人的一名忠实秘书。写完此文之后,笔者又深感遗憾。在应讴歌的千百位中国女排姑娘中,笔者只不过接触到一二十位。她们之中的绝大多数,笔者至今还无缘相见。这样,就难免把大量动人的事迹遗漏掉。如果把众多姑娘的事迹都包容进来,那么,这幅画卷肯定要壮伟得多,动人得多。

一九八一年七月初

敬你一杯酒

日本东京,中国大使馆餐厅,灯火辉煌。

招待日本各界朋友的酒会刚散席,符浩大使又为中国女排设下这丰盛的庆功宴。

按规定,运动员是不许喝酒的,但今夜破例了。队长孙晋芳端起斟满红葡萄酒的杯子,站立起来。这位高挑壮实的苏州姑娘,经过连日来的鏖战,变得消瘦苗条了。她兴冲冲地对同伴们说:"敬酒去呀!"

她这么一招呼,身后立即跟上好几位姑娘。她们敬过领队张一沛,又敬过指导邓若曾,正鱼贯而行,向指导袁伟民走去。

看到姑娘们朝他走来,袁伟民端起酒杯站起来了。他肩负着祖国人民交给的重托,指挥这场惊心动魄的战斗,已经十多个日日夜夜没有很好休息了。紧张的赛场生活,通宵达旦的苦思冥想,连续不断的疲劳轰炸,使他的容貌有点憔悴。但浓眉下那双炯炯有神的眼睛,却告诉人们,他的精力还旺盛着呢!

姑娘们走到他跟前,高高地举起杯子,无限深情地说:"袁指导,敬你一杯酒……"话未说完,就哽咽开了。晶莹的眼泪犹如断线的珍珠,夺眶而出,顺着她们的脸颊不住地往下流淌。

袁伟民却满脸笑容地对她们说:"这是庆功宴,你们不该哭,应该笑呀!"

姑娘们不仅没有笑,反而哭得更厉害了。袁伟民微笑着与姑娘们碰杯,将满满的一杯中国红葡萄酒一饮而尽。也许是喝了几杯的缘故,他白皙的脸变得红润了。

五年多前,他给姑娘们上第一堂训练课时,脸也是这么红扑扑的,不过,那是因为羞怯而红的。一九七六年六月一日,是一个儿童的节日,碰巧,中国女排也在这一天重新建立。当时,三十六岁的袁伟民,穿一身崭新的运动衣裤,快步地朝北京体育馆走去。他的身后,跟着十几个从全国各地选拔来的姑娘。她们小的十七八岁,大的二十来岁,身穿紫红色的运动衣裤,宛如一片绚丽的朝霞,跟随着这位青年教练飘进了训练房。上课了,她们规规矩矩地站成两排,鸦雀无声,只有那一双双明亮的眼睛,好奇地扑闪着。袁伟民站在她们的面前,手里拿着一个淡蓝色软皮封面的训练日记本。在开始布置训练任务之前,他用眼睛扫视了姑娘们一眼。那是非常短暂匆忙的一眼呀,但他那白皙的长形脸上,陡然升起了两朵羞怯的红云,而且一直红到了耳根。

根据他爱脸红这个特点,姑娘们在心里作出了自己的判断:这是一位性情温和的教练。谁知,人不可貌相,她们判断错了。虽然他的举止是那么温文尔雅,就像一个风度翩翩的学者;但一训练起来,就立即变成"冷酷无情的人",严厉得都让人感到害怕。他的脸像六月的天一样,刚刚还是朗朗晴空,顷刻间就乌云密布,暴雨倾盆。不过,这也很难怪姑娘们,当时,她们对他的一切:性格、脾气、爱好、抱负……几乎还一无所知呢!

他出生在苏州郊野的一个菜农家庭里。一九五八年高中毕业时,学校本来是保送他去当飞行员的。谁料到,严格的身体检查把他给刷了下来。后来,一个偶然的机会,他当上了一名排球运动员。他虽然只有三十六岁,却已经在球场上打了十八九年球了。他想:"当运动员就得打好球,去为祖国争光!"一九六六年夏天,世界排球锦标赛在捷克斯洛伐克的首都布拉格举行。当时,中国男子排球队已经具备了与世界冠军抗衡的实力。他是这支球队的二传手。他和他的球友们,雄心勃勃,用当时流行的话语,提出了战斗口号:"舍得一身剐,誓把捷克(世界冠军)拉下马!"果然,中国男排迎战捷克队时,先来了个二比零的下马威,震动了世界排坛。谁知,后来的战局却急转直下,中国队反以二比三输掉了。冠军之梦破灭了,只落得个老九。袁伟民和他的队友们躲在盥洗室痛哭了一场,用喷洒的热水和着悔恨的泪水洗了一个永生难忘的澡。不过,袁伟民却是这支失败队伍中唯一的得奖者。由于他在比赛场上的出色表演,大会授予他"最佳全面运动员奖"。奖品是一只布拉格出产的名贵的雕花玻璃杯。他一点也高兴不起来,全队输掉了,个人得奖有什么意思呢!他真不愿去领这个奖杯,但出于礼节,把它领回来了。后来,他把那个精美的杯子碎掉了。他不愿意看见这个失败的纪念物!他盼望捧回来的是金光闪闪的世界冠军的奖杯啊!然而他的冠军之梦,由于"文化大革命"的爆发,中断了。但等到排球队重新恢复活动以后,他的这个梦又延续下去了。面对失去的时间,他清醒地意识到,攀上世界排球之巅,已不是他们这一代老运动员所能完成的了。他三十六岁那年,国家体委将这批年轻的姑娘交给了他。他就下了决心,非把这些姑娘们培养成夺取世界冠军的突击队不可!

他把自己的整个心,都放在白色的排球上了。俗话说:"每逢佳节倍思亲"。而他,每个新春佳节,都告别妻子和儿子,带着姑娘们到球房苦苦磨炼。他有多种爱好,是一位地地道道的电影迷、小说迷,写得一手好字,但是暂且把这些嗜好都割爱了。球,就是他的生命!他对姑娘们也是这么要求,从来不对她们说一句满意的话。总是说,不满意,不满意。要求她们向上,向上。在这次世界杯大赛前,他的要求就更严、更高了。他顶顶真真地告诫几位已经有了"朋友"的老队员:"你们要把整个心都放在球上。世界冠军丢掉了,可一辈子也找不回来的啊!"

他的心肠,说多硬就有多硬。哪个姑娘没有被他练得躺在地上爬不起来,哪个姑娘不累得浑身上下像散了架子似的,哪个姑娘没有被剋过、骂过,哪个姑娘没有受过他的委屈,没有掉过眼泪。是的,每个姑娘都恨过他,在心里骂过他。最恨的时候,真想扑过去狠狠咬他一口才解气呢!但是,骂过之后,恨过之后,却又更加崇敬他,更加爱戴他,更加亲近他。尤其是在今晚这个欢庆胜利的时刻,她们更是感激他。她们深切地感到,他的严,他的"无情",其实正是一种深深的爱啊!

她们与袁指导碰杯之后,本来还有满腔的话语要说,每个人心里都有一篇很长很长的祝酒词呢!每个人的祝酒词,都因各自的经历和感受的不同,而各具内容。但是,她们激动得说不出话来。

孙晋芳也许回想起昨天与日本队的那场决赛了吧!比赛马上就要开始了,她们的心弦绷得太紧太紧了。袁伟民觉察到了这一点,一反常态,跟小孙开起玩笑来。他说:"小孙,今天气儿顺吗?要不要再练一练?"小孙笑了笑,一挥手:"去,又来那一套了!"姑娘们见此情景,不禁都笑了起来。袁伟民看她们都笑了,就说:"上场吧!"这次是开玩笑,可这几年来,为了这个气儿顺不顺的问题,她还真的没有少挨他的"练"呢!小孙是个性情爽直、开朗而又好强的姑娘,心里搁不住一星半点事儿,喜怒哀乐无不在她那张感情丰富的脸上流露出来。本来二传手是场上的灵魂和无名英雄,需要忍辱负重的精神和沉着冷静的涵养。可小孙碰到不顺心的事,往往把嘴一撇,就生气发火。有一次访日比赛时,还因闹脾气影响配合,输掉了一场球。有一次训练时,袁伟民突然冲着全队喊:"停!大家都过来,看我们的孙队长练。"他又对小孙说:"什么时候练得气顺了,你就说话。"当着全队人练她一个人,这不明明是让她下不来台吗?小孙窝了一肚子火,板着脸,球是玩命打,就是不吭气。练到后来,她想,好汉不吃眼前亏,就说:"指导,顺了。"其实,她的嘴还撇着,脸上也没有一丝笑容。但袁伟民还是给台阶下了。晚上，他把小孙找到自己屋里，笑道："我知道，你的气并没有练顺。不过，你小孙能当着大家的面，说自己练顺了，已经很不容易。"接着，这两位苏州老乡开始谈心。他语重心长地对小孙说："我不是要你服服帖帖地拜倒在教练的脚下，一丝一毫也不是的。你是一队之长，对你要求就是要高一些。因为球要靠你打，我们有最好的想法，也得通过你去组织实现。在场上，你的一举一动，你的一笑一怒，都会对大家产生很大影响。我过去也是二传手。这个角色可不好当。掌声是冲着攻球手鼓的，责怨往往会落到你的身上。一个二传手，应该有很大的肚量，要使自己的心胸像大海一样宽广……"

袁伟民从自身的经历深深地体会到：培养一个好的二传手，不仅在于传授技术，更重要的是磨炼出顽强的意志，甚至要训练出优秀的"二传手性格"，那就是在场上能够团结大家，指挥战斗的顽强作风。他把这些思想变作生动的实例，化作语重心长的语言给小孙讲述。小孙笑了，觉得他说得很在理，就注意磨炼自己，渐渐地使自己的心胸开阔起来。这次到日本，她感到竞技状态空前良好，气儿特别的顺。就这样，袁伟民还不放心，中日决赛的那天上午，准备会结束后，他又把小孙单独留下来，再三叮嘱："这是一场争夺世界冠军的决赛，万一场上出现预料不到的困难，出现裁判的错判、误判，你要沉得住气。只要裁判坚持原判，你就服从，举手，微笑……"

果然不出他所料，赛场上出现的意外是那么多。但孙晋芳异常地沉稳冷静，她没有撇过一回嘴，却举了不少次手，露出了不少次笑容。尽管这种笑容与平日舒心的欢笑不相同，是紧紧地抿着嘴笑的，但毕竟还是一种有礼貌的微笑呀！

她荣获大会发给她的三个奖：最佳运动员、优秀运动员和二传奖。当她怀抱着一个个金光闪闪的奖杯，回顾自己所走过的道路时，她发现在自己成长的道路上，袁伟民倾注了多少心血啊！

跟袁伟民坐在一桌的郎平,看到小孙哭着在敬酒,自己的眼睛也湿润了。她在想什么呢? 也许,她首先会想起初出茅庐的一九七八年。那年她十七岁刚过,就被国家队看中,让她顶替著名的杨希,打四号位的主攻。在曼谷参加亚运会时,打南朝鲜队,她立下了汗马功劳。可打日本队时,她的劈杀受阻了,不等打完第一局,袁伟民就把她换下场。结果中国队以零比三输给了日本队。有的观众就来信指责袁伟民,说在这样关键的比赛中,他不应该冒冒失失地起用一个新手。郎平的心情是既不服气又很沉重,这样对待袁指导公平吗? 袁伟民却不以为然。他觉得郎平第一次参加重大国际比赛,能发挥这个水平,就蛮不错了。他不仅不后悔起用郎平,而且下大力锤炼她。当然,锤炼是严酷的。尽管郎平自己已经很自觉、很刻苦,但还是常常被"补课",常常练得下不来台。在练得最艰苦时,郎平也不轻易掉泪。她总是忍耐着不让酸楚的泪水往外流。她心想:"袁指导,你练吧,你整吧,等拿了世界冠军,我再跟你算账!"

　　在这次世界杯比赛中,中国队以三比二力挫美国队。打完比赛,郎平已经疲惫不堪。她刚洗完澡,屋里的电话铃又响了。袁伟民在电话里对她说:"你到我屋里来一趟。"他鼓励她,希望她第二天与日本队比赛时,发挥得更好。郎平说:"指导,你放心,我再累,也要比哪一场都跳得高,拿下这个世界冠军!"与日本队的决战中,郎平确实跳得特别高,扣得格外狠。比赛是下午六时开始的,等发完奖,已经深夜十一点钟了,而郎平还是中午十二点吃的饭。极度的疲惫、劳累、饥饿,一起向她袭来。她的胃开始痉挛,疼得她浑身直冒汗,彻夜难眠。历尽千辛万苦,世界冠军拿到手了,她该跟袁指导算总账了。但是在这酒宴上,这位不轻易掉泪的北京姑娘,却痛痛快快地哭了,一切责怨都飞到九霄云外去了,她有的只是感激,深深的感激。

　　四川姑娘张蓉芳举杯了,在明亮的灯光下,显得那么水灵。昨天的胜利,仿佛把她的性格都改变了,这位泼辣倔强的女孩,也爱说爱笑起来了。她和袁伟民相处已近六个春秋。她身高一米七四,在女排中,她与招娣是矮个儿。这么一副不高的身材,却与身高一米八四的郎平打对角,担负着主攻的重任,困难是可想而知的。她的扣杀,常常被西方高个运动员给拦回来,使进攻受阻。她不服气地对袁伟民说:"身体是爹妈给的,就这么高,再往高长,是不可能了。但先天不足,可以后天补嘛!"袁伟民很欣赏她的这句话,更喜欢她那永不服输的倔强个性。他下功夫雕凿这块玉石,一刀一凿着意地雕,苦心地凿,终于使她成为一件精美的艺术品。无论是扣杀,还是防守,她都娴熟老练,是队里的一名主将。但是,一九八一年八月,她参加在罗马尼亚举行的大学生运动会时,又碰到挫折。打古巴队时,她的扣球屡次被古巴高大的队员拦了回来,水平发挥得很不理想。回北京总结时,她伤心地哭了,对袁伟民说:"指导,我的个儿就这么高,打不死人家,有什么法子呢!看来,我也快退出球坛了。"袁伟民听了,好半天沉默不语。他知道,张蓉芳嘴上这么说,心里才不服输呢!他亲切地鼓励她说:"毛毛,你要自信。一次打不死,你就打两次,两次打不死,就打三次。我看,只要自信,你是能把球打死的。"在这次出征前,袁伟民又帮张蓉芳进行了多次模拟训练,让她天天与几个高大的男陪练在网上激战。这次打苏联之前,他怕毛毛心里犯怵,又找她鼓气:"你的问题,关键是缺乏自信心,场上扣球,你一不果断,一犹豫,一动摇,跑动就不活了,速度就放慢了。许多战术就不敢打,打不出来。一般进攻,当然给人家拦网创造条件。在南京,和陪练打,男子队员的手你能通过,难道苏联队你通不过?我就不信。"张蓉芳放开手打了,那股泼辣劲一上来,她的进攻,连最佳拦网手、苏联阿柯哈米诺娃都拦不住,古巴的高个儿也拦不住,就是美国身高一米九十六的海曼也拿她无可奈何。相反,海曼扣过来的球,却被她拦了回去。也许,海曼以为毛毛个子矮,好欺侮,就老往毛毛的位置上扣杀。毛毛来气了,心想,海曼,你也欺人太甚了。她拼全力往高处一跳,竟然将海曼玩命打来的球,拦了回去,拦到海曼的胸前,掉落在这位美国巨人的脚下。这是她的打球史上最得意的一个球。面对着袁伟民,她不禁又想起了他的那句话:"只要自信,你定能把球打死的。"你说得多对啊,袁指导!

老队长曹慧英一句话不用说,袁伟民已经从她那张善于流露感情的脸上,知道她想要叙说的一切了。是啊,这位二十七岁的老将,为自己能为中国队夺取世界冠军出一把力,感到莫大的欣慰。

那天,中苏两队的比赛,正进行到第二局。场上比分是零比九,中国队落后。对于这场比赛,袁伟民在赛前就作过周密的分析,从实力来说,中国队赢球是不该成问题的。但中国队有史以来还没有赢过苏联队。只有输球的教训,没有赢球的经验,在队员心理上有一道阴影。果然,中国队头一局轻巧取胜之后,姑娘们心里的那道阴影在起作用了。她们总以为对方的水平没有发挥出来,打得很拘谨,以致出现第二局的这个险情。这种情况是袁伟民最担心的,但它还是出现了。这场球,是中国队碰到的第一个硬仗。打得好坏,将影响我队的士气和整个战局的发展。必须扭转这个不利的局势!他想,现在不是实力问题,而是需要有一种精神去把那道阴影赶跑。他想到了老队长曹慧英。一九七八年在莫斯科输给苏联时,她因为伤病住院,没有参加,心里没有这个怕输的"鬼",没有这道阴影。袁伟民打了个手势要求换人。他大声地呼叫:"曹慧英!"

听到袁指导呼叫自己的名字,曹慧英先是一愣,然后是那么高兴,这一声,真是叫到她的心坎儿里去了。袁指导啊,你太了解人了!从一九七八年,她就憋着劲想打与苏联的比赛。但球队出发去莫斯科时,她正住在医院里。当医生向她宣布病情时,她用一条崭新的手绢堵住自己的嘴巴,生怕承受不了而哭出声来。当医生说,她的伤病需要继续住院治疗,不能参加比赛时,她用牙齿将那条手绢撕成了三条,当众号啕大哭起来。那时袁伟民曾捎信安慰她,鼓励她:"你先好好养病治伤,为国出力的日子还长着呢!"她出院后,马上请求归队。但是医生不同意她继续打球,说搞不好会肺穿孔,后果不堪设想。但她说,哪怕打替补也心甘情愿,因为世界冠军没有拿到手啊!袁伟民正是看上了这股子拼劲儿,赞成队里收下了这位老兵。他一边配合医生治疗,一边根据她的身体状况进行训练。有的观众看她练得那么苦,不禁同情地说:"小曹,你多么像祥林嫂呀!"小曹一听急忙说:"同志,你可不能这么比呀!祥林嫂是旧社会逼的,我可是情愿这么练的呀!"正如一位队医说的:"小曹哪里是一天一天在练,分明是一天一天在苦熬。"是的,她就是这么苦苦地熬着,非熬出个世界冠军才罢休。她常对同伴们说:"我老了,不中用了,但我要当好你们的替补。到世界比赛时,哪怕能上场替你们顶一局半局也好呀!"

她终于盼到这个上场的机会了。一上去,就是那副"要球不要命"的泼辣劲儿,与周晓兰一道,筑起了一堵"天安门的城墙",一次又一次地把苏联运动员扣杀过来的球狠狠地拦了回去。每拦死一个球,她就高兴得跳起来,使劲拍打同伴们伸向她的手掌。她给场上队员带去的,正是袁伟民所盼望的那种压倒一切的精神力量。不多长时间,这股精神力量,就把苏联队的士气给压下去了,中国队赢下了第二局。接着,乘胜追击,又以十五比零的罕见比分拿下了第三局。袁伟民虽然没有任何高兴的表示,但在内心深处却赞扬了这位老队长。此后,在打美国队、日本队的关键场次时,她又多次出阵,屡建功勋。她多么感激知人善用的袁指导呀!

俊美苗条的周晓兰和陈亚琼过来了。她们一个性格文静内向,一个憨厚纯朴。她们始终沉浸在胜利的欢乐中。周晓兰的拦网特别出色,被外国记者称为攻不破的"天安门的城墙"。在八个强队的所有队员中,她的拦网成功率名列第二,为中国女排夺取全胜立下了丰功伟绩。但是,就在三个多月前的大学生运动会上,她也跟张蓉芳一样,发挥得不理想,老拦不住人家的进攻。回北京总结时,袁指导对她是那么严厉,非让她把输给古巴的原因找出来不可,甚至连星期天也不放假,把她憋在屋里苦思冥想。现在看来,多亏这个"憋",把她的脑子给"憋"清醒了。这次比赛时,她记取了教训。真是吃一堑长一智呀!亚琼这个侨乡姑娘,向来胆子很小,同伴们拿条竹蛇都会把她吓出眼泪来。但这次中日决赛时,她的胆子却大得惊人。在决胜的第五局,十四比十五中国队落后的千钧一发之际,日本队扣过来一个狠球,眼看一球定乾坤了,陈亚琼突然奋身飞扑过去,把球垫了起来,而且垫得那么沉稳,使中国队获得了起死回生的机会。当人们赞扬她时,她心想:"你们可知道我这一招是怎么练出来的吗?"是啊,这一招得来不易啊!她长得瘦,瘦得一倒地,骨架子就撞得地板咚咚响。练滚翻救球,对亚琼来说,实在太艰苦了,一天几十次、几百次倒地,大腿两侧的皮肉都磨烂了,鲜血直流。同伴们很同情她,担心她有朝一日会把那副骨头架子给摔散了。袁伟民却半开玩笑地对亚琼说:"摔散了,我给你捡起来,重新拼凑好,你还可以再练。"不是平日里那千百次、上万次的痛苦摔练,怎么会练就比赛中的这个人人夸赞的高招呢?

杨希敬酒时,张洁云、朱玲、梁艳、周鹿敏也都激动得流下了感激的泪水。上海姑娘周鹿敏清楚地记得,出国前,在南京,她们跟日本二队打过两场比赛。第一场,是她打二传,打得章法很乱,不等打完第二局,就换孙晋芳上去了。虽然这场球,中国队还是以三比零取胜,但总结会上,袁指导却一点不留情面地把她狠剋了一顿,批评得她脸红心跳,坐立不安。她当时想,临出国比赛了,自己打得这么糟,教练又如此不满意,心情变得很沉重。谁知打第二场比赛时,袁伟民又指名让她打二传。这次,周鹿敏打得非常漂亮,和同伴们配合得特别好,以三比零轻取了日本二队。打完比赛,袁伟民找她聊天来了。他说:"小周,这次去日本,你要认真准备,万一小孙出问题,你要随时准备上场。"周鹿敏点了点头,她知道指导批评自己,全然是为了使自己为祖国为人民争气啊!在日本比赛期间,小孙发挥得很好,虽然她没有上场,但她的心弦始终是绷得紧紧的,随时准备听从袁指导的调遣。

如果仔细地清点一下人数,就会发现,出席今晚庆功宴的只有十一位姑娘,而中国女排的成员是十二个呀!是谁还在生他的气,记他的仇,不愿给他敬这杯酒呢?呵,是陈招娣!她平日里与袁指导斗气最多,昨天他还错怪了她呢!此刻她在哪里呢?

啊,在这里。在楼上的一间小屋里,她正躺卧在床上。她的腰伤很重,今天从大阪来到东京,上下车都是同伴们背着她走的。这位爽直活泼的姑娘,是多么想出席就在楼下举行的这个热闹的庆功宴呀!但她的腰不听使唤,她动弹不了。房门,轻轻地被餐厅师傅推开了,一盘丰盛的菜肴放在她跟前。餐厅师傅说:"吃吧,吃吧,大伙儿都在干杯,挺想你的呢!姑娘们在那里给袁指导敬酒呢!你们的袁指导啊,可真是个了不起的人!"

一句话,把招娣的泪泉捅破了,泪水涌出眼眶,顺着秀气的脸颊,刷刷地往下流淌。她的腰是昨天与日本队比赛第一局时受伤的。有一个球,落在她与孙晋芳之间,她冲过去抢传,不慎与战友相撞。她知道老伤犯了。平日里,有时老伤一犯,她就弯不了腰,只好直挺挺地站立在原地,动弹不得。此刻冠军已经在望,能不拼吗?她咬紧牙关坚持着。眼尖的毛毛已经知道她腰伤了,但一个劲鼓励她:"招娣,坚持!顶住!"毛毛又对队长孙晋芳说,"小孙,招娣腰伤了,少给她球扣!"招娣是多么感动呵!她没有吭气,心中只有一个念头:"拼了,只要能抱回金杯,我这个腰就是断掉,也认了!"她把满腔深情,都注入双手,玩命地传球,使劲地扣杀。中国队接连拿下两局,二比零,世界冠军终于到手了!但是,招娣并不想下场,她想一拼到底。可是,腰伤使她力不从心,眼看着球从身边飞过,也冲不上去抢救。打到第三局时,袁伟民把她换了下来。招娣站在一边,一会儿往前弯弯腰,一会儿往后仰仰身,不停地用手捶打疼处。随队大夫急忙过去,帮她放松了放松。在这种火急火燎的时刻,腰受了伤,她心里有多焦急呵!中国队输掉第三局之后,第四局继续处于比分落后状态。袁伟民把陈招娣叫到跟前,问道:"你上,行不行?"招娣点了点头,只回答了一个字:"行!"拼不了几个球,她又被换了下来,袁伟民很生气地责备她:"养兵千日,用兵一时。你怎么不拼呀!以为世界冠军到手了,就不拼了,是吗?"虽然过去指导也没有少骂她,但从来没有用过这么重的口吻呀!她一声不吭,泪水夺眶而出,哗哗往外流淌。袁伟民用手指指场外,不容商量地说:"走,去活动活动,一会儿再上!"

招娣默默地离开了指导,又到一边活动去了。她的腰疼痛得使她弯曲不了。随队的医生又过去帮她按摩了一阵子。招娣还是没有把受伤的事告诉大夫和指导。后来,她又一度被调上场,忍着腰伤的剧痛拼搏。当中国队最终击败日本队时,招娣的腰再也动弹不得了。回旅馆时,是由同伴们背她上下车,背她上楼的。当夜,袁伟民来到她的床前,很不安地问她:"招娣,你为什么不说呢?"招娣含泪答道:"指导,我怕说了,影响你指挥呀!"袁伟民好半天说不出话来。他想,我们的这些姑娘多么可爱啊!伤成这个样子,还坚持比赛。错怪了她,她也没有半句怨言。为了祖国的荣誉,她们真是忍受了一切啊!他很抱歉地说:"招娣,我错怪你了,委屈你了!"一听这话,招娣泣不成声了。

此刻,招娣又想起了这一切。她打开盘子上的中国红葡萄酒,倒了一杯。她在自己的心里默想:"指导啊,你不要这样说,你骂过我,剋过我,'整'过我,也委屈过我,但今天都一笔勾销了。不是你平日里的严格要求,这次我能顶下来吗?指导啊,我从心里向你敬一杯酒吧!"

餐厅里,姑娘们端着酒杯,还在唏嘘掉泪。孙晋芳和张蓉芳终于抽泣着把这几句话说了出来:"袁指导,谢谢你了!过去,我们惹你生了不少气,请你原谅我们吧……"

袁伟民很理解姑娘们此时此刻的心情。几年来的汗没有白流,苦没有白受,付出的一切牺牲和代价,全都融化进了胜利的喜悦之中。她们的艰苦努力,不,中国排球运动员好几代人的奋斗,终于换来了祖国的荣誉,人民的欢笑!袁伟民也激动了起来。他真诚地对姑娘们说:"谢什么呢!要说谢,应该我感谢你们。球是你们打的,你们在前台,我是在后台呀!"顿了顿,又接着说:"要说原谅,我倒真的应该请你们原谅呢!这些年来,我没有少委屈你们……"

姑娘们的鼻子更酸了,泪水流得更欢畅了,有的已经哭出声来。人们说,泪泉有三个:悲伤泉、激动泉和欢乐泉。今天,大概这三眼泉打通了,三泉汇一往外喷涌,要不,泪水怎么流得这么多,这么欢呢!

袁伟民也感到自己的眼睛有点发热。是的,这位有泪不轻弹的铁汉子,眼睛也红了。

从这次世界大赛以来,袁伟民的眼里第一次闪动着晶莹的泪花。他在赛场上冷静沉着,从来不动声色。当中国队战胜实力强大的美国队,获得争夺世界冠军的决赛权时,姑娘们都高兴得在休息室里痛哭起来。他答完外国记者的提问,推门见此情景,生气地责备她们:"哭什么呀!哭得太早了一点吧,要哭,等明天打完日本再哭吧!"几个老队员抹着眼泪,不哭了。他才心平气和地给她们解释说:"我理解你们的心情,但是比赛还没有结束,世界冠军还没有拿到手,我们不能高兴得太早呀!"

中日两队开战前,日本队的教练小岛踱着步,来到袁伟民跟前。这位戴着深度近视眼镜、五十开外的矮个儿教练,指指自己那白里透红的胡子,冲袁伟民笑了笑。那意思是,今天晚上日本队战胜中国队,拿到世界冠军以后,他将把这有意蓄起来的胡子剃掉了。袁伟民知道,昨天晚上日本女排宣过誓,此刻小岛是来跟他打心理战的。他也很有礼貌地笑了笑。小岛,你可知道,你的这位中国同行笑里的含意吗?为了打好跟你们的比赛,昨天晚上,他彻夜未眠地在苦思冥想,把一切可能发生的困难都想过了。此刻,他在心里说:"小岛,你就留着胡子吧,别剃了!"在他的心目里,今晚的世界冠军,中国队是非拿不可的。果然,比赛刚打了两局,世界冠军的桂冠已经明白无误地落到中国姑娘头上了。场上的姑娘们情不自禁地抱成一团,跳跃,欢呼。替补队员们也高兴得跳了起来。她们全身的热血都沸腾了,脑子里只有一个声音:"我们是世界冠军了!""我们是世界冠军了!"

袁伟民能不高兴吗?当然,他是高兴的。但他的目标,不仅是世界冠军,而且是全胜。现在,比赛还没有结束。日本队夺魁无望了,包袱卸掉了,她们将会玩命与我们拼。狠狠地咬你一口,赢你,让你这个世界冠军当得窝窝囊囊的。那将会是一种什么滋味呀!运动员热,我需要冷呀!要冷得像一块冰。他泼冷水去了,那么严肃地对姑娘们说:"不要高兴得太早!世界冠军到手了,就满足了吗?比赛还在继续,一定要全胜!"

但是,运动员的热度降不下来。这好比一架天平,热度的砝码太沉了,冷静的砝码压不住它。中国队接连输掉了两局,场上出现了二比二平。这个情况,是袁伟民最怕发生的,但现在终于发生了。他想,只要姑娘们的头脑能冷下来,第五局是能赢回来的。现在,他要想尽一切办法,继续加重冷静的砝码,减轻热度的砝码。一般的提醒,严肃的告诫,场上换人,都用过了,但未能奏效。他只有最后一招了:骂,把她们给骂清醒过来。在这种重大国际比赛中,他是从来不责骂队员的。这次,他却不得不用这一招试试了。他把队员们招集到一块,但并没有马上开口说话。他默默地看着她们。姑娘们发现,袁指导的那双明亮的眼睛布满了鲜红的血丝,充满着怒气。是啊,姑娘们,你们该醒悟过来了。在你们头脑发热的时候,你们的袁指导虽然不动声色地坐在那儿,其实他如坐针毡。他想起了在大阪举行的上一届世界杯比赛,中国队得了第四名,发奖时只得站在地板上,为站在领奖台上的前三名挥动黄手绢,那是多么痛心的时刻啊!他开口说话了,不,应该说开始责骂了:"不获全胜,我们算什么世界冠军!我们可不要往自己脸上抹黑呀!不要忘记,我们是中国人!"他把"中国人"三个字,说得那么重,使姑娘们的心灵受到了猛烈的震动。接着,他才缓和了一下语气,说:"当世界冠军是什么滋味,过去我们谁也没有尝过。一高兴,送掉了两局。丢掉了,也就算了,不要去想它了。但这最后一局,可一定要冷静,一定要拿下来!"说得斩钉截铁,立下了军令状。这是一位冷静沉着的指挥员,在给自己的战士下达背水一战的死命令呀!姑娘们从袁伟民血红的眼睛里,从字字千钧的话语中,感觉到形势的严重性了。冷静的砝码大大地加重,发热的头脑终于冷了下来。这时的球,是很难打的,因为日本队已经打疯了。十四比十五,我队如再失一分,就输了。电视镜头对准了袁伟民。而他依然那么冷静地坐在那条矮矮的长椅上,左手轻轻托着脑袋,多沉得住气啊!据说,这次八个队的教练中,除他一人外,都因沉不住气,大声向场上队员喊话,被裁判员亮过黄牌警告。当比赛结束的哨声长鸣时,七战七捷的中国姑娘们,已经抱成一团,哭呀,笑呀,亲呀,跳呀,不知怎么高兴才好——最灿烂的一页翻开了,谁还能抑制住激动之情呢!

袁伟民却依然坐在那条矮矮的长椅上,翻开北京电台送给他的那本棕色精装封面的笔记本,不慌不忙地写下了最后一行字:"三比二胜。"

写完,他轻轻合上本子,将它放进身边的那只黑色小皮包里。

然后,他站起身,很有礼貌地与日本教练小岛握了握手。

姑娘们在赛前对他说:"指导,拿了世界冠军,我们可要蹾你呀!"他吓唬她们:"我看你们谁敢!"此刻,姑娘们高兴得把一切都忘了。袁伟民没有跑进场去与姑娘们一道狂欢,他仍然站在场外,双手习惯地交叉着抱在胸前,那神态,仿佛是一位画家在欣赏一幅得意新作,像是一位雕刻家在欣赏一件心爱的艺术品。不过,他不仅是一位欣赏家,还是一位很有头脑的哲学家呢!他在回味着刚刚结束的这场比赛。如果自己不犯错误,本来是有可能三比零拿下来的。但现在他倒觉得,三比二这个结果,在某种意义上讲,要比三比零顺利赢下来,更有意义。运动员们将会记住这个起伏,一辈子也忘不了这个教训。而且,她们还会告诉下一代的运动员:世界冠军是怎样赢得的。他在想,中国排球队未来的建设……

发奖,这是多么激动人心的时刻!雄壮的《义勇军进行曲》响起来了,灿烂的五星红旗徐徐升起来了。虽然,他当运动员时,未能盼到这一天。但由他和他的老搭档邓若曾亲自教授、训练的这批可爱的姑娘,终于第一次把世界冠军的金杯抱回来了。而且,他也抱回了大会授给他的一只高大的金杯——最佳教练员奖。但是,他依然那么冷静,既没有激动得哭,也没有高兴得笑。

一群外国记者把他包围起来了。一位日本记者问他:"拿了世界冠军,你有何感想?"

袁伟民没有急于表达自己的激动心情,而是首先回述了中日两国运动员的友谊,很真诚地说:"我们今天的胜利,与日本朋友的帮助是分不开的。周恩来总理生前把大松博文先生请去教过我们。我们向日本学习,现在超过日本了。但是日本队有许多长处,我们今后还要虚心地学。我们两国的运动员应该互相学习,共同促进世界排球运动的发展。今天中国和日本女排获得了冠亚军,这是我们亚洲人民的光荣……"日本各报均以显著版面刊登了他的讲话。

多少中外人士赞美袁伟民的这种风度呀！每当听到别人夸赞他的风度时，他总是谦虚地说："其实，我有什么风度呀！这次，我临场比较冷静，主要是靠自信心。"他说："因为有了自信心，赢球时，我觉得是应该的。而输球时，我又觉得是可以赢回来的。"

人的性格是各种各样的，有的像一盆炭火，里外都热。有的似一块冰，里外都冷。而他是一只热水瓶，外边凉，里面热。他是山岩下的一道温泉，大地里的一股热火。外表是寂静的，但泉水正在岩石下喷突奔流，烈火正在地层里熊熊地燃烧。

你看，就在今夜庆功的欢乐时刻，他眼里的激动泪花，也只不过闪动了几下，就消失了。他清醒地意识到，中国女排已经站立在世界排坛的峰顶，成为众矢之的，今后的日子将更加难过了。他心里想，世界冠军是昨天夺的，从走下领奖台开始，一场新的世界冠军的拼搏战已经拉开了战幕。他感到深深的不安。从袁伟民的眼神里，中国姑娘们也已经意识到，等待她们的不是他的赞扬，而将是他更加严格、更加无情的磨炼……

难忘的激动人心的庆功宴尽欢而散了。袁指导、邓指导，请你们暂且留步，这里还有一杯酒呢！这杯酒，是身在大洋彼岸国土上的笔者敬你们的。当然，他不仅代表自己，而且代表千千万万的球迷和并不迷球，但被白色排球激起满腔爱国热情的千千万万普通观众。

这是一杯祝捷的酒，感谢的酒，更是一杯盛满了新的殷切希望的酒。这杯酒，你们可一定要一饮而尽啊！

一九八一年十二月十七日夜

中国男子汉

> 他没有率领过千军万马,但震撼过亿万人的心灵。他不是将军,但将军们说他具有大将风度。
>
> ——作者手记

胜利之后最激动人心的时刻,他从电视荧屏上消失了。

怪球手张蓉芳致命一击,球打在美国队员的胳膊上,横里飞出去,飞得老远老远……海曼、克罗克特望球兴叹,为失去这次难得的夺标机会而掩面痛哭。张蓉芳也放声大哭,哭得那么动情,谁也劝说不住。郎平、杨锡兰泪流满面,而几位年轻队员却纵情欢笑,笑得都合不拢嘴。紧紧地搂抱,使劲地捶打,用各种各样的方式表达着实现"三连冠"之后的喜悦。不知道有没有人对泪水进行过分析研究。通常,人们把眼泪分成痛苦的泪、委屈的泪、欢乐的泪。但用这种分析方法,却无法形容中国姑娘们此时此刻泉水般往外涌流的眼泪。酸甜苦辣,什么滋味都有,复杂得连她们自己都说不清、道不白。

在这种时刻,敏感的录像师们总是不失时机地把镜头对准赛场上的胜利者和失利者。遗憾的是,他们忽略了一个亿万人关注的人物——中国女排的那位沉着冷静、风度翩翩的指挥员。他在哪里呢?在哭还是在笑?……

此刻,袁伟民仍然端坐在长滩体育馆场边的木椅上。他的膝盖上摊着一个长方形的黑色塑料面的记事本,洁白的纸上写着刚刚结束的那场比赛的简况。"第244场,美国洛杉矶,奥运会中美决赛,3比0。"啊,八年时间,他指挥了二百四十四场国际比赛!每一场国际比赛之后,他都要作这样简明扼要的记载。他已经记录了整整两厚本。往常,写下这简单的几句之后,他就该合上本子了。可今天他感到还不尽意,凝思片刻,又挥动那支细小的蓝色圆珠笔,在记事本上写下了一行充满感情的话:"难忘的一九八四年八月七日晚,实现'三连冠'。"最后这个句号,用笔特别有力。是呀,总算了却了一桩埋藏在心中多少年的心愿!他慢慢地合上记事本,将它放进随身携带的精巧黑色小提包里。他站起身,脑子里突然出现了一片空白,什么东西都一下子消失得干干净净了。场上那些激动人心的场面,欢笑和痛哭,欢呼和喧闹,他看不见,也听不见。不过,瞬间之后,往事就如汹涌的潮水向他奔腾而来,迅猛地填满了他的脑海。

他想安静一会儿,躲到运动员休息室里点燃了一支烟,慢慢地吸着,品味着。嗜好香烟的人有一句口头禅:"饭后一支烟,赛似活神仙。"他倒觉得,这赛后一支烟,才真正有品头。青烟袅袅,在他的眼前徐徐地飘散着。啊,往事如烟呀!

姑娘们笑够了,哭够了,也都聚集到这间休息室里来。哎呀,多糟糕呀!她们光顾自己高兴,又把袁指导给忘到一边去了。这可不是第一次忘掉他,而是第三次把他忘掉了。头一回,是一九八一年深秋在日本大阪,中国姑娘第一次夺得世界杯。赛前,她们与袁伟民有言在先,如果拿到世界冠军,他就得老老实实让她们蹾一次。可是,当最激动人心的时刻来临时,她们只顾自己高兴得互相拥抱,把他忘得一干二净了。袁伟民双手抱在胸前,默默地伫立在赛场边上,入神地看她们笑,看她们哭,那神情宛如一位艺术大师在欣赏自己的一件精美佳作。第二回,是一九八二年深秋在秘鲁的首都利马,当中国姑娘们第二次登上世界冠军宝座时,袁伟民悄悄地躲开了。那次,中国女排出师不利,在分组赛中就以零比三输给了美国女排,造成了一种令人担忧的险境；在以后与古巴、匈牙利、苏联和澳大利亚几支球队的比赛中，几乎不能丢失一局，否则，就会被挤出前四名的行列。袁伟民六天六夜没有睡一个囫囵觉，两只眼睛布满血丝，当胜利来临时，他已把最后一点气力都消耗掉了。他困倦得什么也不想，只想找个地方美美地睡上一大觉。当时，姑娘们光顾庆幸艰难的胜利，又一次把他给忘却了。平日里，她们就想蹾他。但他浑身是汗，油光滑溜的，怎么也抓不住他，而且，姑娘们的心也不齐，胆子小的未冲到他跟前，就先退却了。胆子大的，抓不着他，反而被他抓住，逼到墙角刮鼻子。

"刮！自己刮十下！"他逼着被抓住的姑娘。姑娘们只好乖乖地刮自己的鼻子。后来，几经密商，她们才想出这个锦囊妙计，与他拉钩，拿世界冠军就老老实实让她们蹾一次……却总没有兑现。曹慧英、孙晋芳、杨希、陈招娣、陈亚琼五位老将离队的时候，都感到没有蹾成袁指导一次，是一大憾事。

这回，姑娘们可饶不了他了。刚进休息室，张蓉芳、郎平就逼近袁伟民："指导，该让我们蹾一次了吧？"

袁伟民往后挪动着身子，还想躲闪。

"指导，可得言而有信呀！"周晓兰逼上去说。

看架势，今儿个是逃不过去了。袁伟民深深地吸了一口烟，用商量的口吻说："稍等一会儿行不行？"说着，朝门口迈步。

姑娘们生怕他乘机溜跑，急忙一窝蜂似的包抄上去。

袁伟民走到一张茶桌前停住了脚步，在烟灰缸上掐灭了香烟。然后，他冲紧紧逼上来的姑娘们淡淡一笑，说："看你们又哭又笑的，就满足你们一次吧！"

不等他的话音落地，姑娘们便欢叫着冲了上去，抓手的抓手，抬腿的抬腿，把他高高地抛向空中，又把他低低地放到地上。蹾成了！终于蹾成了！笑声，发自内心的笑声，在屋子里激荡。蹾得真解气呀！一下、两下、三下……尽情地蹾！开心地蹾！每一次抛起和放落，都倾注着她们对他的爱和"恨"……蹾过瘾了，她们才放下他，又蜂拥而上，去蹾高大壮实的邓若曾教练和田永福大夫。

袁伟民站在一旁，又点燃了一支香烟，悠闲地边吸着边瞧这番热闹情景。"老搭档"邓若曾从一九七九年起，每逢集训，总与他同住一屋，他们患难与共、风雨同舟。田永福大夫年过半百，一心扑在事业上，朝朝暮暮与他相随。蹾吧，痛痛快快地蹾他们吧！

"指导，我们不是在做梦吧？"蹾完之后，张蓉芳、郎平、杨锡兰又围了过来，担忧地问他。

他完全理解姑娘们的心情，但没有回答，只是一味地吸着烟。青烟袅袅，在他眼前徐徐地飘散着。往事，如烟的往事，又像潮水似的向他奔涌而来。"外国人能做到的，我们中国人也能做到！"往事的浪涛中出现了这个最强音，展示了女排艰难曲折而又充满民族自豪感的成长之路。

"大换血"——一着震惊世界的棋。虽然惜别依依，但他还是把她们送走了

这是八年前他走马上任的情景：在太阳宫前面的北京体育馆里，十多位十八九岁的水灵灵的年轻女孩排成一列，用好奇的目光瞧着他。他脸红了，一直红到了耳根。机灵的姑娘们瞧见他的这副腼腆含羞的神态，禁不住想笑。但不敢笑出声，只是抿紧嘴悄悄地笑。

那天正好是"六一"儿童节。他和女排的姑娘们，犹如节日的小主人公一样，天真幼稚，充满着美好的幻想。五年以后，他和姑娘们用勤劳的汗水把幻想变成了现实，为祖国夺得了第一个女排世界冠军。第二年，她们又一次登上了世界冠军的宝座。

当中国女排的姑娘们，在利马的阿姆多达体育馆，登上世界冠军领奖台，纵情欢呼胜利的时刻，袁伟民的思绪已经飞向了决定球

队命运的"换血"问题。新陈代谢,是世间万物生长的规律,运动也如此。一个运动员的运动生命是相当短暂的,到了二十五六岁就嚷开了:"我老了!不行了!"而在社会上,这正是青春妙龄呢!一支球队若想保持蓬勃的生机和旺盛的战斗力,必须适时地进行新老交替。用运动员的口头语来讲,就是"换血",为队伍补充新鲜的血液。

袁伟民知道,"换血"是要付出代价的。世界上的几支女排强队,日本、美国、古巴、苏联,在"换血"以后,无一例外地都走了一个"U"形,四五年还缓不过气来。当然,要尽量缩短这个缓气期,但不管如何短,总要一个相当长的时间呀!而摆在他面前的缓气时间也就是从现在起到一九八四年夏季奥运会,只有短暂的一年半,这口气能缓得过来吗?如果不马上"换血"呢?在近期内,他的日子是好过的。但一年以后呢?一个好教练员,必须要看到一年之后,两年之后,甚至三年之后的世界排坛。正好这年十一月在印度新德里举行的第九届亚运会的比赛之后,到一九八四年夏季奥运会,中间只有一次亚洲锦标赛。而这次比赛的胜负,对我们参加奥运会的资格并不影响。这是一个绝好的时机!此时不换,还待何时?付代价就付代价吧!他下了"大换血"的决心。但袁伟民是个不到火候不揭锅的人,尽管他决心已定,但在任何场合不动声色。

姑娘们可沉不住气了。大轿车离开阿姆多达体育馆之后,车上就笼罩着浓郁的离情别绪。

"晓兰,我算是熬到头了。你们不是看得起我这双腿吗,我不打球了,就可以送给你们了。"曹慧英头靠在晓兰的肩上,半开玩笑半认真地说。

"要不,咱们一道下吧!"晓兰悄声耳语。

曹慧英笑道:"你恐怕还下不了了。总得留几个老队员呀!"

一想到老大即将离开队伍,周晓兰的心中就不是滋味,泪水悄悄溢出眼眶,竟然哭泣起来。

这种情绪一下子就在几个老队员中传染开了，她们也感到鼻子酸溜溜的。

袁伟民微微地闭着眼睛，仰靠在汽车座椅的软背上。看上去，他是在闭目养神。其实，姑娘们的离愁别绪全在他的眼里和感觉之中。但他装作睡觉的样子，仿佛什么也没有看见，什么也没有听见。

谁知，这种离愁别绪愈来愈浓烈。我国驻秘鲁大使举行送别宴会时，几位老队员再也控制不住自己的感情，不等宴会结束，就一个个溜了出去，躲到盥洗室唏唏嘘嘘哭开了。也许只有泪水可以冲洗掉过早降临的依依之情。可是泪水一淌，依依之情变得更加浓烈了。她们挤在一起，默默地抹着泪水。擦掉了，又流淌出来，总也擦不干净。

袁伟民跟踪而来，他突然推开门，佯装不解地问："怎么啦？是不是酒喝多了？……"

老队员们迅捷地抹着眼泪，想掩饰她们的秘密。也许，她们可以瞒过别人，但怎么瞒得过朝夕相处的他呢！

陈招娣抽抽噎噎地招供了："我们要分手了……"

袁伟民笑眯眯地诘问："分手？谁说的？"顿了顿，又对她们说："都二十六七的大姑娘了，还净抹眼泪！快别哭了，我一个也不放你们走！"

这年的年末，他和女排姑娘们来到了印度首都新德里。离别之情又蔓延到尼赫鲁体育场。

"来，郎平，我们俩照张相！"福建姑娘陈亚琼几乎找每一个姐妹合了影。看那神情，仿佛错过这个机会，她和她们就无缘在一道拍照了。

"她要去香港跟她的男朋友结婚了。"在宽大的亚运村餐厅里，郎平悄悄地给一位记者透露了这个秘密。

十一月十九日，这位记者与女排姑娘乘坐一辆大轿车去体育馆。她们的话题,仍然离不开即将来临的依依惜别。

"这是我运动生涯中的最后一场球了,我得站好这最后一班岗呀!"杭州姑娘陈招娣感慨地说。

记者禁不住问她:"你也要引退了?"

陈招娣笑笑:"不是我想引退,而是我该退出'历史舞台'了。新手上来了,不退就会挡道。"她望望孙晋芳,意味深长地说:"我们可以放放心心地走了。"

陈亚琼又动情了,说:"一想到离别,我就忍不住想哭。在秘鲁,我们已经抱在一起哭过一回了。将来真分手,还不知会是个什么情景呢!"

杨希说:"少不了一场大哭!"

陈招娣话中带刺,指指袁伟民的背影,说:"那可不一定,有的人心肠硬,巴不得我们早一点走才好呢!"说着,朝记者努努嘴,意思是让记者注意袁伟民的反应。

无疑,袁伟民是听到姑娘们的这些话语的。但他充耳不闻,仍然安安稳稳地端坐着,任凭队员们怎么旁敲侧击,就是沉默不语。

陈招娣见指导不动声色,就悄声地对记者说:"这次出来,他管得比哪次都严,生怕我们的心散了,打不好球。其实他不管,我们也会站好最后一班岗的。"

从新德里回到北京不久,女排姑娘们最关心、也最害怕的那个日子终于来临了。

一九八三年元月十三日清晨,袁伟民闷坐在他的那张小巧的栗色书桌前,默默地吸着烟,默默地在思索。半年多来,他不知思索多少遍了,尽管姑娘们毫无顾忌地诉说着离情别绪,而他却把这种情感深深地埋藏在心底,冷静地权衡着每一个队员的去留。此刻,这种浓缩的感情终于超饱和了,爆炸了……

从一九七六年六月一日到今天,六年多时间,二千几百个日日夜夜,他和她们的心都紧紧地拴在洁白的排球上。六年,六个新春佳节,他和她们一道,离别自己的亲人,在集训基地的球场上度过。他不知多少次,不,应该说是每一堂训练课,都对她们铁板着脸。他为难她们,难得她们老哭鼻子。他不给她们过一天安静的日子,有朋友,也不让她们花前月下……在这即将分手的时刻,他感到内疚吗?不,他一点也不内疚。这一切,她们能谅解,因为都是为了那只洁白的球。球呀,你的每一个声响,都凝聚着她们的爱;你的每一次跳荡,都倾注着她们的情。你是她们青春的伴侣,你与她们苦乐同行!说真的,姑娘们舍不得离开抚摸过千万次的球,离不开挥洒过无数汗水的球场,离不开可亲可敬的指导……他呢?他看她们长大,看她们成熟,熟悉她们的脾气爱好,喜欢她们的性格和球艺。一句话,他也深深地眷恋她们,他多么舍不得她们离开球队啊!

但理智又告诫他:她们该离队了。"三连冠",不能靠她们了。

老大曹慧英已经二十九岁了。她患过肺病,腿骨也断裂过,至今膝盖里还固定着钢丝。领导答应过她,拿下世界杯,就让她成婚。谁知,在世界杯赛中,曹慧英宝刀不老,打苏联队时,第二局,我队以零比九落后,袁伟民派她上场,扭转了劣势。她成了中国女排的"王牌"替补。"老大不能走!"她在同伴们的一片挽留声中,又顶了一年。这一年,她过得太艰难了。每顿饭,都离不开药。该放她走了,总不能让人家打到三十出头吧!

陈招娣倒是一员虎将,什么场合,只要派她上阵,她是没有不拼命的。世界杯赛,中国队与日本队争夺冠军时,陈招娣腰伤犯了,她不吭一声,一直顶了下来。但她也二十七岁了,身上的伤也那么重,怎么能让她去打奥运会呢?也该让她下了。

杨希是陈招娣、曹慧英的同辈人。她的接班人郎平已经成为世界著名扣球手了。不应该再留她了,也让她下吧!

二传手孙晋芳,是当今世界上最佳二传手之一,离了她,队里会失去"灵魂"。按理,该让她继续打下去。但她能再顶两年吗?她的腰伤老犯。有时打一场比赛,球赛打完了,她的腰也直不起来了,连向观众招手的劲都没有了……走,就让她走吧!虽然杨锡兰的水平与小孙比,要差一大截,但也只好给她压重担了。

陈亚琼弹跳那么好,年纪也不算大,二十五岁,再打两年也才二十七岁。他真想留她。但她全家都居住在香港,她的男朋友三天两头从香港打电话来催她去办喜事,一次电话费就得花二三十元。唉,人家有人家的特殊困难,下就下吧。副攻手的苗子还有几个,培养也还来得及……

他非常清楚,这几员虎将走了以后,中国女排将从高峰上跌落下来,重新去品尝输球时的苦果,他这个指挥员,将面临从未有过的困境。但为了奥运会,为了那个令他朝思暮想的"三连冠",他认了。他下了大换血的决心,也宣布了这个决心。今天,离队的姑娘们就要走了,待会儿就要开送别会。也许,二楼会议室都已经布置好了。她们要走了,他送一点什么礼物给她们作纪念呢?几乎是不假思索,他就想到了球。对,正是那只洁白的球,把他和她们联在一起,体现着她们的战斗情谊。送给每个离队的老队员一只排球吧!

他从没有使用过的新球中,挑出了五个。又从笔筒里挑出那支日本的粗黑的油笔,用他那熟练的行书在一只新球上写下了两行字:"曹慧英同志离队纪念。中国女排,一九八三年一月十三日。"给孙晋芳、杨希、陈招娣、陈亚琼,每人都写了一个。

二楼会议室的长条桌上,铺着洁白的台布。水果、花生、瓜子、糖……欢送会的气氛很浓。但姑娘们却默默地坐着,耷拉着脑袋,没有人说话,更没有笑声,空气显得很沉闷。到会的领导说过话之后,会场上就出现了长时间难堪的沉默。寂静得可以听到队员们的喘气声,甚至连掉到地上一枚针也可以听到声响。最后,还是袁伟民说了几句话。他用那缓慢的语调说:"你们要离队了。过几天,我站在队伍跟前,再也看不见你们这几张熟悉的面孔了。球场上,也听不见你们这几个熟悉的嗓门了……"说到这里,他停住不往下说了。兴许,他也是说不下去。五位老队员把头埋在同伴的怀里,会场上响起了一片唏唏嘘嘘的哭泣声。她们连头也不敢抬,只要互相看上一眼,就非抱头痛哭一场不可。袁伟民和几位领导只是默默地吸着烟,没有人再说话,沉默、沉默,长时间的沉默。要是在往日,桌子上的这点东西,早就被一扫而空了。可今天,却没有人去动。哪有心思嗑瓜子呀,她们有满肚子的话想说,可是又一句也说不出来。如果用"此时无声胜有声"来形容,那是最恰当不过了。送别会就这么散了。五位老队员,每人捧着队里送的那只洁白的球走了,走向自己的故乡,走向新的生活……

　　五位老将同时引退,国外报纸哗然了。世界排坛的人士,有的为这个大胆的战略决策叫好,但多数人担心:中国一下子就换下去这么多名将,女排实力能恢复过来吗?看来袁伟民也逃不过那个"U"形,这个弯还小不了。日本女排总教练山田重雄说:"中国女排五位老队员的引退,使我们从黑暗中看到了光明。"他满怀信心地把日本女排的目标定在奥运会金牌上。美国女排教练塞林格更是雄心勃勃,发出了"拿第二名就是失败"的誓言。国内广大观众也忧心忡忡,"大换血"之后,中国女排还能实现"三连冠"的宏愿吗?

　　能吗?袁伟民!他沉默着,没有回答。

哭,不是我们中国人的形象。他沉痛地说:"从今天开始卧薪尝胆。"

　　对输球,袁伟民是有充分思想准备的,但万万没有想到会输得这么惨。

　　一九八三年秋。在日本举行亚洲女排锦标赛时,中国女排以零比三输给了日本队。从一九七九年以来,中国女排与日本女排交锋十五场,这是第一次输球。虽然这场球的胜负,并不影响中国参加奥运会比赛的资格，但这场球在精神上投下的阴影却是那么大，那么重。

新上任的队长张蓉芳和副队长郎平哭得像泪人儿似的。当年她们亲手从日本队手里夺来的冠军，今天又亲手送还给日本队了。愈想愈窝囊，愈想愈伤心。回到休息室里，张蓉芳还一个劲地哭。她总不服气会输给日本队，但事实上就是输了，而且是零比三惨败。

更令人难受的还在后头呢！大会工作人员通知袁伟民："一会儿领奖时，日本队上十五人，请你们也上十五人。"

上十五人？姑娘们一听炸了。我们全队，连两个教练，加上一个大夫，总共才十五人呀！这就是说，领奖时，袁指导、邓指导、田大夫都得上台。中国队拿了两次世界冠军了，按惯例，领奖时教练从来不上台。这次，输了球，倒要他们上台，姑娘们百思不得其解。

"指导，你们不能上！"张蓉芳边哭边对袁伟民、邓若曾说。

"指导，你们别上！"这是队员们的共同想法。怎能让袁指导、邓指导去受这份刺激呢？不，不能这么做。

袁伟民望望这群沉浸在失败痛苦之中的姑娘们，冷静地说："把眼泪擦干净。哭，不是我们中国人的形象。我们都上，要笑着往外走。"

队员们怔怔地望着指导，她们知道，他下了决心的事，任何人也阻拦不了。

袁伟民耐心地对队员们讲："比胜负更为重要的是经验。输了，我们就承认输了。但我们取得了宝贵的经验。我们的目标是奥运会。我们要赢得起，也输得起。来日方长嘛！马上发奖了，走，笑着往外走，谁也不许哭！"

袁伟民带头往外走，跟在他后面的是邓若曾教练，再后面是年过半百的田永福大夫。张蓉芳、郎平、周晓兰……边抹着眼泪，也一个个跟了上去。

日本队总教练山田重雄，长长的头发梳理得格外整齐，穿一身黑色西服，已经神气地和日本女队员们一道，登上了最高一层领奖台。袁伟民抬头望望山田重雄的那副神情,心里很不是滋味。不过向来赛场上总是一家欢乐一家愁。唐代诗人杜牧不是有一首《题乌江亭》的诗吗,"胜败兵家事不期,包羞忍耻是男儿。江东子弟多才俊,卷土重来未可知。"不计一场之输赢。有沉必有浮,咱们走着瞧吧! 他依然沉着地往前走,不慌不忙,不卑不亢地登上了领奖台。升旗、奏歌……触景生情,张蓉芳、郎平的泪水又往外涌了,流淌到脸颊,掉落到领奖台上。袁伟民望了她们一眼,没有说话,但她们明白,那严峻的眼神告诉她们:"别哭!要笑!来日方长嘛!"

这位在如此重压下有泪不轻弹的硬汉子,在老华侨蔡世金为他们举行的送别宴会上却感动得差一点哭了起来。两年前,也是在这家豪华的饭店里,蔡老板为中国女排首次夺得世界冠军设过盛大的庆功宴。这次,虽然输球了,但蔡老板仍然热情如初,又摆下这丰盛的欢送宴席。我国驻日本国大使宋之光,公使、参赞、工作人员、华侨,都来赴宴欢送。宴会开始时,蔡老板端起酒杯,说:"你们输球了,但你们不要难过……"他在劝慰女排姑娘们。但自己却痛哭起来,老泪挂满了脸腮。望着老人那副忍痛劝慰的神态,袁伟民感到了深深的不安和内疚。

中国驻日本国大使宋之光也说了一番鼓励的话。中国民航驻日本国办事处的一位负责同志站起身,也诚挚地说:"前年,你们拿了世界冠军,我们派当年周总理的专机驾驶员来接你们。这次,你们输了,我们依然把头等舱的座位留给你们。"

输了球,挨一顿骂,袁伟民倒有足够的思想准备。但想不到从华侨到祖国亲人,没有半句责备,有的只是谅解、同情、鼓励。听着这些烫人的话语,他心里更难受了。

使馆的同志请袁伟民说几句。他慢慢地站起身,接过话筒。沉默了片刻,宴会厅里响起了他那不急不慢的声音:"两年多以前,也是在这里,在座的大都来了。那次,大家是来给我们庆功。这次不一样了,我们输球了,零比三,自己夺的杯子,自己……"说到这里,他说不下去了,感到喉咙有点哽咽,两眼也热乎乎的,拿话筒的手微微地颤抖着、颤抖着……

姑娘们第一次看到袁指导的两只眼睛里闪动着晶莹的泪水。她们赶紧低下头去,再多看一眼,就会哭出声来。她们耷拉着脑袋,不出声地抽泣着,泪水洒落在铺着洁白台布的餐桌上。

袁伟民手持话筒,默默地伫立着,没有再往下说。他知道,再说下去,泪水就会涌出眼眶。不,不能哭!男儿有泪不轻弹,哭不是我们中国人的形象。他用最大的意志控制着自己,足足憋了三分钟,硬是把泪水憋回去了!

三分钟不算长,但姑娘们感到仿佛他沉默了至少有三个钟头似的。

"自己把杯子送掉了。"宴会厅里,终于又响起袁伟民那不急不慢的声音,"不过,如果着眼大局,从全面来考虑,明年能把奥运会冠军拿下来,那么这次付出一笔学费,也是值得的。"说到这儿,他又停了下来。

人们注视着他,无不等待着他往下说。

"有沉就有浮!从今天开始,我们要卧薪尝胆……"他稍微加重了一点语气,说得很沉痛但又很自信。如果用"掷地有声"来形容,那是一点也不过分的。

"有沉就有浮。"在羽田机场候机室里,袁伟民紧握蔡世金的手,再次说出了这重达万钧的五个字。

就甘心这么下台吗?虽然士气降到了冰点,他却顽强地用心中的烈火熔化冰。

谁都明白胜负乃兵家常事,但当女排输了球之后,舆论的压力还是铺天盖地而来。袁伟民还真不知道舆论的压力这么厉害。

杨锡兰的桌子上堆满了观众来信。看一封，她脸上就增添一层阴霾。"你还是孙晋芳的接班人呢！我看，你倒是中国女排通向'三连冠'的绊脚石！"她扔下信，起身拉开房门，咚咚地从六楼跑到二楼，敲响了袁伟民的房门。

"袁指导，我干不了了。"一进屋，杨锡兰就委屈地说。

袁伟民深深地了解她。这是一个倔强的姑娘，很少哭鼻子，不过，一旦掉泪了，说自己干不了了，就说明问题已相当严重。要是站在面前的是老将孙晋芳，他早剋上了，因为再剋，孙晋芳也是公认的全国最佳二传手。而眼下这个新二传，不剋，她还会气馁呢！所以，对杨锡兰，他总是诱导、启发，很少跟她板脸。当她本人不在场时，他还多次对老队员说，杨锡兰是个新手，大家要多关心她、体谅她。今天，杨锡兰要撂挑子了。他决心要扭转她的情绪，重新鼓起她的雄心壮志。

"你真的不想干了？那好呀，你就回'八一'队吧！"他望望杨锡兰，冷冷地说。

杨锡兰有几分吃惊，指导今儿是怎么啦，既不剋几句，也不安抚几句，就这么痛快同意自己走了。她用疑惑不解的眼神直愣愣地望着他。

"不过，你就甘心这么离队吗？我看，你的性格是不会甘心的。"他终于加重了语气说她了。他吸着烟，观察杨锡兰的反应。过了好一会儿，他才关切地问："你是不是收到了很多信？"

杨锡兰点了点头。

"挨骂了吧？"袁伟民又问。

杨锡兰两眼红红的，又使劲点了点头。

袁伟民不客气地说："如果你现在就下台，那你没有伤，年龄也不大，只能说明你是被人骂下台、赶下台去的。"

杨锡兰的犟劲上来了，不服气地说："我干吗要被人骂下台、赶下台……"

袁伟民等待的正是杨锡兰这番话，杨子的好胜心终于被激起来了。他连忙趁热打铁："一个人应该有点压力。你知道大庆有个王铁人吗？他说过，井没有压力出不了油，人没有压力轻飘飘。不过，压力太大了，就会把人压垮。你有压力，我就没有压力？"是的，他的压力一点也不比杨锡兰轻，他也收到了许多国内外来信。信里有人指责他用杨锡兰不当。有人还建议他赶紧到南京把孙晋芳调回来。有的同行也好心地告诫他，如果继续用杨锡兰，他将栽在她的手里。但是他顶住了这些压力，没有动摇。他相信这位天津姑娘会成熟起来。在香港超级女排明星赛中，我队分别以三比二险胜美国队和日本队，不也是她当二传手的吗？关键是鼓起她的干劲来。

"杨子，我们可不能让压力给压垮呀！舆论有时是真理，有时也不一定是真理。中、美、日三个队实力水平差不多，只要我们努力，就有希望赢她们……"他和杨子推心置腹地谈了很长时间。

杨锡兰回到宿舍愈想愈内疚。是啊，怎么光看到自己压力大，想不到指导的压力比自己还大呢？他顶住了，自己也要顶住，没有打出个名堂来，怎么能轻易下台呢！不，她不甘心下台。

新队员表现出来的是胆怯，怕挑不起重担。老队员呢？思想就更复杂了。

冬天的夜晚来得格外早。才五点来钟，训练房里就黑下来了。房顶的灯，大多已经关灭，只留着几盏还照耀着排球场。姑娘们相继拎着绿色的塑料桶，洗澡去了。偌大一个空场子上，只有张蓉芳和郎平还坐在地板上，互相压腿。压完腿，她们也拎起塑料桶，准备去洗澡。这时，她们发现，靠墙根还放着一只塑料桶。谁的呢？她们一看，便认出来了，是周晓兰的。人呢？跑到哪里去了？

"晓兰！晓兰！"张蓉芳亮开嗓门，大声呼叫。

其实，周晓兰就闷坐在训练馆那个平时不开的门厅里。队长的呼喊,她听得清清楚楚的,但她不答应。她想一个人这么静静地待一会儿,想一会儿心事。

日子过得太艰难了!身上有伤,练也练不动了,输了球,还得挨骂。新队已经不是世界冠军队的水平了,观众可不管,仍然以老队的水平来要求你。自己只有从输到赢的经验,哪尝过从赢到输的滋味呢!早知有今天,还不如当初听人劝说,跟五位老队员一道下来呢!拿了两次世界冠军,体体面面下来,多好呀!哪个运动员不希望自己有个美好的结局呀!如今可好,想练嘛,年岁毕竟不饶人,身上伤又多,要顶下年轻队员的大运动量,实在太难!找个理由退下来嘛,"三连冠"还没有实现,她又咽不下这口气。想找队友们聊聊嘛,宿舍里的气氛总是那么沉闷,往日的嬉笑声都让这场球给输掉了。几次走过袁指导房间,想推门进去找他诉诉苦,可他那么忙,眼看他一天天在消瘦下去,作为一个老队员,在这困难时刻,分担不了他的忧愁,反而增添他的负担,她于心不安,唉,真难哪!

"晓兰!晓兰!"郎平在喊她。

"晓兰!晓兰!"张蓉芳在喊她。

她没有回答,还是托着腮在沉思。

喊声愈来愈近,两位老队友终于找到这个平日没有人来的僻静的门厅里来了。

"晓兰,你怎么啦?"两位老队友一边拉她,一边担忧地问。

晓兰仰起清秀的脸,说:"没有什么!真的,没有什么!我只是想一个人这么静静地待一会儿。"

两位老队友自己的心境也不好。她们太能理解晓兰的心情了。她们不再拉她,也没有再说什么,默默地离开了。

晓兰就这么一个人默默地呆坐着,在一个灯光照不到的角落里默默地呆坐着,很久,很久。后来,邓若曾来喊她回去,她还是没有吱声,悄悄躲进了淋浴室,任泪水与热水一起往下流淌……

吃晚饭时,袁伟民端着饭菜,坐到晓兰的身边。饭桌上,没有人说话,每个人都只是机械无味地咀嚼着饭菜,空气沉闷,沉闷得酷似夏天暴风雨来临之前一样令人可怕。

袁伟民吃完饭,拿起碗筷,站起身走了。临走时,轻声地说了一句:"等会儿上我屋里来一趟!"虽然,他没有点晓兰的名,但晓兰明白,这句话是对她说的。袁伟民都已经走出几步了,她才点了点头。唉,她可真是心事重重呀!

这是袁伟民和邓若曾的宿舍,一间十多平方米的屋子,除了靠两边墙放着两张单人木板床和两张小小的书桌之外,其余的空间几乎被各种装着杂物的纸箱和排球塞满了。

周晓兰推开门,迎面扑来一股刺鼻的烟雾,她不禁呛得咳嗽了好几声。

这些天,袁伟民直觉得心里发闷。尽管气管炎又犯了,但憋不住一支接一支地抽烟。他又吸了一口烟,说:"你一个人躲在训练馆里哭了?挺困难的,是不是?"

周晓兰没有回答。

袁伟民简直是在自言自语:"是啊,挺难的。队伍是新的,又输了球,新的老的各有各的想法。你难,我也难……"也许是气管炎在折磨他,也许是烟雾呛的他,他不断声地咳嗽,说不下去了。

他喝了一口水,止住了咳,望着晓兰问:"你怎么办呢?想走吗?如果你想走,我可以放你走。你走吗?"他知道晓兰是个要强的姑娘,存心用话激她。

果然,她果决地回答说:"不走!"

袁伟民微微地点了点头,说:"我知道你会这么回答的。'三连冠'还没有实现,碰到一点困难,就半途溜走,我相信你不是那号人。"

触到周晓兰的心病了。她忍不住哭了起来。她是很少掉泪的,但这次却哭得那么伤心、那么动情。

袁伟民没有劝说,也不去安慰,径自一口接一口地吸着烟。他戒过两次烟了,长的一次戒了六个多月。可从日本回来之后,他又开戒了,而且吸得比以往任何时候都凶。他不说话,不时地干咳着。

也许是这声声干咳,使周晓兰慢慢地停止了哭泣。

"既然你不甘心走,就得像个样。你打不了主力了,就当好替补,像当年的曹慧英、杨希一样,你还可以为'三连冠'出力。我管一队多,二队照顾不过来,你多帮助我操点心……"

周晓兰抬头望了指导一眼,她觉得这一阵子他突然苍老了许多,白发也出来了,脸上皱纹多起来了,仿佛一下子就变成了一个老头似的。她使劲抹着仍在流淌的泪水,几乎是用恳求的目光望着袁伟民,说:"指导,你别说了。你的事那么多,难处那么大,我真不该让你为我分心。"她站起身,边朝门口走,边说:"我自己回去好好想一想,想上两三天就会想通的。"

周晓兰的话是对的,这段时间,袁伟民真是忙得团团转,白天忙着训练,晚上忙着找人谈心,每天回家,总是十一二点。他的爱人郑沪英虽然也忙了一天,却总是等着他,想和他说几句话,给他一点安慰。可袁伟民回到家里,就筋疲力尽,话也懒得说了。看着妻子为他操心的神情,他十分不安。妻子带孩子,做家务,忙工作,已经够累了,还能再给她添事?有一天清晨,他临走时,干脆对妻子说:"沪英,现在事情太多,忙不过来,以后晚上不回来了。"郑沪英望望丈夫,没有说什么,回身取下一条毛围巾,关切地叮嘱他:"天冷,气管炎又犯了,围上一点……"袁伟民顺从地围上了围巾,骑上车就走了。一去就是十天半月,才回家露露面,看来,今天晚上他准是又不回家了!

送走了周晓兰,袁伟民又点燃起一支香烟,屋里弥漫的烟雾更浓重了。他无法止住声声令人挠心的干咳,也无法抑制内心不平静的波涛。他知道,这一天迟早是会来的,但想不到这么快就来了。零比三输给日本队后,队伍的心散了,没有当年去夺冠军的那股气了。输球,他不怕。世界上哪有常胜将军呀!况且,队伍刚更新,付点学费,是难免的。但那股夺冠军的气不能没有呀!现在队伍的情绪波动很大,老的埋怨新的不争气,新的也有情绪。人心不齐,这怎么行呀!其实,就眼下的水平来说,依他看,中、美、日三家实力都差不多。他担忧的是怕散了心,丧失了士气。眼下,光抓技术也没有用,他得花大力气把中国姑娘头一次去拼人家的那股气重新鼓起来!

夜,已经很深了。窗外,寒风呼啸。袁伟民依然端坐在烟雾中思谋和求索……人们说,女排正处于冰点状态。从某种意义上说,这个比喻不无道理。不过,在冰点之下,仍有烈火在燃烧。只要他心中的火焰不熄灭,那就可以把姑娘们的心火重新点燃。

而袁伟民心中的火焰是不会熄灭的。他收到很多观众的来信,有骂的,更多的却是鼓励、支持。有个青年观众一口气写了二十多页,提了十几条建议,他给女朋友写情书也没有这么大的功夫吧!虽然说的是外行话,可他那颗火热、滚烫的心,使袁伟民的心更加热乎起来。有这么多赤诚的心,这强烈的支持者,女排姑娘们的心火是会比以往燃烧得更炽烈的!袁伟民坚信着。

他同情她们,但一想到奥运会,又不得不横下一条心。其实,他自己也已经到了崩溃的边缘。

从联邦德国打完不莱梅国际女排邀请赛回到北京,已是一九八四年一月下旬,离一年一度的新春佳节没有几天时间了。人们都以为他会在北京过一个团圆年了!八年来,他还没有在家跟亲人过过一个年节呀!但是,就在年关临近时,他把队伍拉走了。坐了两天一夜的火车,住进了湖南郴州排球集训基地。如若论山水风光,郴州并无特别吸引人的地方。尤其是冬季,这里成天阴雨绵绵,十天半月也见不到一次暖人的阳光。训练基地坐落在北湖公园里。这里名为公园,除了一群关在笼子里的猴子外,简直无处可玩。袁伟民说:"正因为郴州无处可玩,我才选中它作为这次冬训的场地。"

这是袁伟民出任中国女排教练以来的第八个冬天,也是最枯燥、最艰难的一个冬天。

在联邦德国与美、日两队的比赛中,有赢有输,士气和信心有所增强,用队员们的话来讲,拿奥运会冠军是"有希望没把握"。而袁伟民这次冬训的目的,正是要让运动员们树立起"奥运会冠军非我们中国人拿不可"的坚定信念。

袁伟民是很少给妻子写信的,即使写信,也极少谈自己的困难,多半是询问一下那个聪明透顶而又十分淘气的儿子的近况。但这年冬天,他写了一封破例的信。

"沪英:这个冬天可真不好过呀!队员们累得够呛,几个老队员都快累得受不了了。我的身体也不如从前了,疲乏得不行。过去,再疲倦,只要见到那只球,就来神了。可如今,见到球居然也兴奋不起来了。每天走到训练房门口就发愁,都不想往里走……"

郑沪英拿信笺的手,禁不住微微颤动了起来。一个从不向她诉说难处的人,一下子就说了这么多,可见他困难到什么程度了。她也曾是一个女排队员,打过国家二队。她与袁伟民的相识、相爱,正是靠那只飞来飞去的排球作为媒介的。人们都说他们之间的结合,靠的是一种"排球姻缘"。在事业上,支持丈夫,她是无条件的。她默默地毫无怨言地承担起全部家务,能不让他分心的,从来不让他分心。每年春节,别人家亲亲热热地团聚,而她只能跟年幼的儿子厮守在一起。有一年春节,她病倒在床上,儿子也病倒在床上,多么需要他在身边照料一下,哪怕是到医务室取一趟药,或者倒一杯水……而他却远在他乡正带着队伍在衡阳为观众打表演赛。儿子给汽车撞伤了,她也死死地瞒着,不告诉他。尽管她知道,他是个严父,儿子最怕他,但他也最喜欢儿子。她不能让丈夫分心,只要他专心地把女排搞上去,她心里就高兴。这种感情,这种默契,大概只有像她和他这样一对有着共同心愿的夫妇才会具有。可这一年来,眼看丈夫变得比过去苍老、消瘦、沉默,她真想劝他:"伟民,下吧,你别干了!"可是,他能下得来吗?连她自己心里也明白,这是没有可能的事。人的感情呀,就这么复杂!

"我站在场上,胃也常常隐隐作疼……不过,再难也要度过这第八个冬天。冬天过去了,春天就会来临的。你知道,要战胜别人,首先要战胜自己。而世上最难的莫过于战胜自己,眼下,我们正苦苦地在跟自己斗,在战胜自己思想上、体力上、技术上的困难。我常跟队员们讲:我们要冲着奥运会冠军去。我们每天都要问一问自己,你为去奥运会作出了什么贡献!不拿下奥运会冠军,不实现'三连冠',我们是不会甘心的。"

读着丈夫的信,郑沪英心里更焦灼不安了,这样下去,他的身体会垮的呀!唉,拿他有什么办法呢?他呀,就这副犟脾气,就这个要强的性格。作为他的妻子,作为一个老女排,她还有什么可说的呢!她能做的,只有支持,用她的整颗心去支持他走出眼下的困境。

正像他信中所说的,袁伟民在训练基地每天都在向困境冲击。清晨他刚刚起来,就感到精疲力竭,站在训练房门口,不愿往里迈步。但在他身后跟着十二位姑娘,他能踟蹰不前吗?他硬着头皮带头往里走。球场里摆着一筐筐洁白的球,怪事,真是怪事,一向视球为生命的他,今儿个却厌烦起球来了。他恨不得马上离开这里,找一个安静的地方美美地睡上一觉。但理智提醒他,要绝对摈除厌球情绪,抖擞起精神来,像往日一样拿出教练的威严来!……

"张蓉芳,把大家的精神提起来!"袁伟民大声地喊。

"加油!加油!"张蓉芳立即喊了起来。

"加油!加油!"队员们一齐呼喊。

在加油声中,姑娘们来神了,他也来神了。训练紧张地进行着。练着练着,周晓兰突然倒地了。两片游离物——骨片,突然卡进膝关节的骨缝里,腿既不能伸直,也不能弯曲,疼得她倒在地板上直冒汗。袁伟民走过来瞧了瞧,没有说话。他见大夫过来了,就径自回到场上,继续他的训练,仿佛地板上没有躺着这个重伤号似的。

练着练着,一只急速飞来的球猛然打在郎平的脸上,顿时她眼前直冒金星。她用一只手捂住脸,一只手向袁伟民站立的方向伸了伸,要求请一小会儿假。郎平走下场去,走到墙根,面墙而站。袁伟民只用眼睛瞟了郎平一眼,没有走过去,却对场上的队员严声喊道:"别停下来,继续练!"

他正在练老将张蓉芳,让她从四号位跑到二号位扣球;扣完了,再从二号位跑到四号位扣球,一趟九米,一趟又一趟,直跑得张蓉芳浑身水淋淋的,上气不接下气,脸色苍白……

这哪里是球场呀,分明是战场!轻伤不下火线,前仆后继……如果只看训练场上袁伟民的这副神情,人们一定会得出"冷酷无情"的结论。无怪乎许多记者、观众在私下悄悄问队员们:"你们的袁指导跟魔鬼大松一样严酷吧?"而队员们的回答却总是这样:"这要看怎么说了。在球场上,从来看不到他的笑容,他确确实实是严厉的,甚至可以说是冷酷无情的。但他的心可好了,下了场,跟我们有说有笑,有打有闹,就像一位可亲可敬的兄长。"姑娘们给他的结论是,"一个热水瓶式的人物"。

但是这个漫长的冬季,他有点反常,即使下了训练课,也很少见到他和队员们说笑、打闹。他们都在困境中挣扎,哪有心思开玩笑呢!

累了一天,夜晚谁都不愿动弹,最理想的是往床上一躺,盖上厚厚的棉被,舒舒服服地睡觉。但是,他躺不住,他把郎平找来了。已经聊过多次了,每次谈到拿奥运会冠军这个节骨眼上,她就回避、躲闪。而他呢,穷追不舍,非得亲耳从她嘴里听到这个决心不可。

"郎平,谈谈你最近有什么想法?"他又开始逼她了。

郎平却答非所问:"我自己努力,我保证可以做到。"只说了这几句就沉默不语了。

袁伟民眼看逼不出那句话,就点她了:"郎平,你的最大特点是不断地追求。在业余体校时,你盼望进北京青年队;到了青年队,又想打北京市队;打上北京市队后,眼睛就盯着国家队;当了国家队主攻手后,你又把眼睛盯着世界最著名的扣球手。现在,你打了两次世界冠军,被称为世界著名扣球手了,你是不是满足了?不想再去夺去拼了?"

郎平感觉到袁指导的语气非常重,她有些吃不住劲了,便说:"指导,你不是常说,光有拼搏精神还不行,得靠物质基础吗?亚洲锦标赛时,我和毛毛不都拼老命了吗?光我们死拼顶用吗?……"显然,她对年轻队员还有些不够信任。

袁伟民的话,也变得更加尖锐,一针见血地告诫她:"郎平,我看你现在有点只看物质不看人了。年轻队员们不也在进步么……"

郎平不言语了,默默地端坐着,也许是在思索指导刚才说的这一番话语。

袁伟民不放过她,语气很重地说:"郎平,我看你是在为自己留后路,这不行!你们几个老的都没有下死心去夺奥运会这个冠军,这个冠军能拿到手吗?你们这副精神状态,怎么去带动新队员呢?"

郎平带着袁伟民在她脑海里打下的这个重重的问号走了。回到屋里,哪里还有睡意。她摊开日记本,思索着,写着,苦恼着……

这时,袁伟民又把队长张蓉芳叫到屋里。

"你是一队之长,你要大胆管理队伍。眼下,只管你自己埋头苦练可不行,你得管大家,带动大家……"袁伟民才说了几句,张蓉芳的眼睛就红了,不一会儿,眼泪就像泉水似的往外流……

她感到太委屈了!她多难呀!五位老队友离队时,她就在成都老家得了急性胰腺炎,住了二十多天医院,人瘦了,回到北京,别人都差点认不出她来了。那时,队伍去漳州冬训,她只好自己一个人到北京体育馆活动活动。这么久不摸球,手痒痒得不行,发一个球过过瘾吧,可是浑身一点劲也没有,连球都发不过网。扣个球吧,跳不起来,不但球扣不着,反而一屁股瘫坐到地板上。几个月前还是一员使美国队、日本队望而生畏的虎将,如今却变成了这副病恹恹的模样,想想也伤心!当时,郎平是代理队长。郎平从漳州写信给她,说新队与老队可不一样,等回到北京,她队长的职务就要交差了。坏了,八成队长的头衔得落到这个老大的头上了。自己能不能打球还成问题,还当什么队长,她拿定了主意,等袁指导一回来,就跟他说……

她年岁最大,球龄最长,威望又高,这个队长的职务非她莫属!她倒是个痛快人,推不掉,那就当吧。在其位,就得谋其政。一支老中青三茬人组成的队伍,又处在这么一个特殊困难的时期,难免会发生各种碰碰撞撞的事。她倒真管,用她自己的想法去管她们。她也知道,这些想法一下子是达不到的,但她还是这么去要求她们。矛盾层出不穷,虽然队友们不会当面顶撞她,但有时也给她脸色看。她恨铁不成钢!管深了队友们不高兴,管浅了袁伟民又数落她管得不严。这个队长实在太难当了!

"指导,我干不了这个差事,您另请高明吧!"今晚,张蓉芳终于赌气地要扔乌纱帽了。

袁伟民虽然熟悉她,赏识她,眼下也同情她,但一点也不迁就她。他真是哪壶水不开提哪壶,一点也不客气地说:"毛毛,我看你还是对队伍没有信心……"

张蓉芳不再说话了,光流泪。她怪年轻队员不争气,又怪袁伟民太不谅解自己。我的日子过得多难呀!指导,你知道不知道,我每天晚上都拿着日历卡发愁,我是一天一天划着日历过日子的呀!我够忍气吞声的了,你还老不满意。就我好说话,净责难我。受不了,真受不了!她出声地哭了起来,愈哭愈伤心,愈哭愈委屈,一时间哭得上气不接下气。

袁伟民点燃一支烟,铁板着脸,只是一口接一口地吸着,不说一句安抚的话。

张蓉芳不停地哭着哭着,任泪水往外流淌,任委屈往外吐。不知哭了多久,她才抽抽噎噎地说:"好吧,我再试试吧!"

袁伟民深知,毛毛是个从来不说大话的人。她能说"我再试试吧"这句话,也就够了。毛毛站起身,正要往外走,袁伟民才说出了一段动情的话:"毛毛,我们女排是个集体,我们都拴在一条登山的结组绳上。只要有一个队员滑坠,就会造成全队滑坠的危险。"

毛毛没有再说话,转身走出了房门。

夜间十点,是熄灯时间。袁伟民在走廊里招呼着:"关灯!关灯!"队员屋里的灯,一盏一盏熄火了。只有一个屋的灯还亮着,那是陈招娣和杨希住的房间。他信步向这间屋子走去,走到跟前,轻轻敲了几下门。

他的脚步声和敲门声,两位老将是熟悉的。但这么晚了,他还有什么事找她们呢?

推开门,袁伟民"唉"的一声长叹。她们从来没有见过指导这么长吁短叹的。招娣是个直性子,不禁有几分担忧地问道:"袁指导,你怎么啦?"

袁伟民在床沿上坐了下来,对她俩说:"这个冬训是苦呀,比哪一次都苦。我真同情她们,她们早早地都躺下了,都累了,累得都受不了了。这都是我整的呀!其实,我自己也到了崩溃的边缘了,连进球场都犯愁。可是一想到奥运会的目标,想到'三连冠'的任务,我又不得不横下这条心。我们是要有拼搏精神,但还得有过硬的技战术,不掌握几手新招,怎么能对付得了美国队和日本队呀!"

陈招娣和杨希,都是第一次听自己的老指导如此坦诚地向她们诉说苦衷。在她们当队员时,他总是把自己的喜怒哀乐深深地藏伏在心底。没想到,他又接着向她俩诉说:"这段时间,邓指导爱人住医院,来不了。我的心事,我的情绪,无人可讲。我一点也不能流露给队员们,如果流露出来,就会像病菌似的,一下子就传染给队员。你们最了解我,我只能给你们讲讲。"

两位老队员知道,今晚指导流露出来的苦衷,充其量也只是他全部苦衷的百分之几而已。陈招娣细细地端详着坐在眼前的这位硬汉子,他乌黑的头发中,已滋生出少许白丝,眼角,鱼尾纹也明显地增多加深。他是变老了,变老多了。一想到这,心里怪酸的,真不是滋味。她真想对袁伟民说:"袁指导,你真该卸任。"但转念一想,在当今他不干谁干呢?她找不出话语来安慰自己的这位老指导。还是说点别的,松散松散他过度劳累的大脑神经吧!

"袁指导,我有一个建议。"陈招娣一本正经地说。

"说呀,有什么高见尽管说。"袁伟民凝神倾听。

谁知,陈招娣跟他开起玩笑来了。她幽默地说:"往后你不要笑,千万别大笑。"

袁伟民用那双布满红丝的聪慧机敏的眼睛盯着陈招娣。

招娣架不住了,未语先笑。她边笑边说:"你一笑呀,脸上就霞光万道……"

真是"愁开心"!开的是一种令人酸楚的玩笑。袁伟民理解招娣的一片好意,没有像平日那样还击,也没有说什么,站起身,说:"你们陪练也挺劳累的,早点睡吧!"说完,打开门,回屋去了。

灯,都关了,走道里一片漆黑。只有袁伟民的屋里还亮着灯。招娣、杨希都躺下了,但一点睡意也没有。袁伟民那一声接一声的干咳,不断透过门窗传到她们的耳朵里来。这一声声咳嗽,敲击着她们的心。她们真想起身去敲开他的门,为他打开窗,把呛人的烟雾给放出去,然后替他关上灯,迫使他早点躺下安睡。但她们没有这么做,她们知道,在这夜深人静的时刻,正是他聚精会神思考明天训练计划的宝贵时光……

午夜了,整座宿舍楼的灯光都熄灭了,袁伟民吸完最后一支烟,也沉沉入睡了。但还有两个人没有睡。她们在游泳池畔的高坎上,身穿深色的羽绒衣,边走边悄声地说着话。她们就是队长张蓉芳和副队长郎平。与袁伟民谈完话后,她们一点睡意也没有。睡不着,就出来走走吧!起先,她们互相发牢骚,诉说各自的苦衷,往后是互相劝慰,互相鼓励。在这万籁俱寂的冬夜里,袁伟民偶尔发出的每一下干咳声,都传得很远很远。

"袁指导还在咳嗽呢!"张蓉芳捅捅郎平。

"他真瘦多了,老多了,眼窝也凹进去了。他说我们,还是为我们好呀!咱们俩是老队员,应该为他分点忧担点愁。"郎平动情地轻声絮语。

"别让他老为我们俩分心了,我们分分工,找新队员聊聊。"张蓉芳也轻声地说。

她们正谈得起劲,突然眼前亮起一道明晃晃的手电光。

"谁?"一个男人粗重严厉的吆喝声。

"是我们呀,女排的。"她们回答道。

那个男人走过来了,她们认得,他是集训基地烧锅炉的老人。老人也认出她们来了,关切地说:"都一点多钟了,天这么冷,你们怎么还不睡觉。有什么话,明天再说吧!"

是啊,明天早晨六点还得出早操呢,该睡了!人呀可真有意思。平日里,就盼望能多睡一会儿,哪怕是一分钟、一秒钟。星期天,虽然只放下午半天假,她们就高兴得什么似的,至少中午可以美美睡上一大觉呀!可今儿晚上,白天练得那么累、那么乏,还这么折腾自己。不知不觉聊到后半夜了,真该死。她们匆匆向那幢黑魆魆的两层楼走去。她们相信,犹如这黑夜的尽头是黎明一样,严冬过去就会是一个春天,一个万紫千红的春天!

塞林格一反常态，为他点燃一支美国烟。透过打火机的光亮，他看到了这位美国教练的心理状态。

美国洛杉矶长滩体育馆的记者室，顶多也就二十多平方米，却拥挤进来几十名各国记者。塞林格先袁伟民一步来到这里，已经被记者们紧紧包围起来了，数不清有多少黑色长形话筒伸到了这位美国教练跟前。

中、美女排的第一个遭遇战刚刚结束，美国女排以三比一赢了世界冠军中国队，塞林格出人意料地给他的中国对手袁伟民来了一个猝不及防的下马威。这场球，在国际排坛和大洋彼岸的中国本土上，都引起了震惊和轰动。因为，奥运会前夕，在苏联里加和列宁格勒，中、美、日、苏女排举行过一次对抗赛。中国队每战皆捷，取得了六战六胜的辉煌战果。舆论发生了根本性的变化，原来认为中国女排夺取奥运会冠军困难重重，如今却变成中国女排在奥运会夺魁呼声最高了。这场球一输，在许多中国观众的心上笼罩上一层浓重的阴云，他们又把心提到嗓子眼上了。当然，也有许多观众不以为然，他们认为这场球输得有名堂，肯定是袁伟民打出去的一张战略牌，就连老成持重的日本女排总教练山田重雄都错估了局势，这天晚上，他看完第一局，就起身回奥运村去了，他认为中国队将稳操胜券。中外记者更是惊讶不已。此刻，急风暴雨似的提问，正向塞林格倾泻而来。

塞林格的神态显得很激动。但他话语不多，只是简单地回答了几句。他对记者们说："这场球，主要胜在发球上，网上也占了优势。海曼打得非常好，我看她出了不少汗，替下来让她休息了一会儿。整个队都打得非常好，我很满意。"

的确，他是非常满意的。自从一九七五年就任美国女排教练之后，塞林格严格地训练美国姑娘。他一天训练八小时，一年之中只有在圣诞节前后放假。他的座右铭是，要取得胜利就必须全身心地从事排球运动。美国女排的姑娘们信赖他，无不遵照他的座右铭行事。她们没有一个人结婚，也没有一个大学毕业，朝朝暮暮跟着他苦度时光。据说，海曼有一次从美国飞往日本访问，在空中做了一个排球梦。她梦见一连串的排球向她飞袭而来，急忙用胳膊去挡，结果手表碰到座椅的硬物上，把表壳玻璃都撞碎了。塞林格和他的女队员们每天都在梦想把世界冠军的金牌挂到自己的脖子上。由于种种原因，他们失去了一次次夺魁的机缘，而这次是天赐良机，奥运会在美国本土举行。正如塞林格在头年香港超级明星赛以二比三输给中国后对记者所说的，"你们瞧吧，明年比赛时，天时、地利、人和都在我们一边了。"虽然，塞林格心里也明白，这场球的胜与负，对奥运会女排决赛权的争夺并无影响，但他毕竟给中国对手来了一个下马威。实现奥运会冠军的目标，已近在咫尺了。

塞林格明明知道，美国女排在争夺冠军时，可能仍然会遇到他的中国对手。而且，他自己也承认，美国女排通往冠军宝座之路上，最可怕的对手是中国女排。但不知他出于什么动机，当记者们问他对形势有何展望时，他闭口不提中国队，而心有余悸地大谈秘鲁队。他说："现在，美国女排的姑娘们最担心在决赛时被秘鲁队打败，重现一九八二年第九届世界女排锦标赛决赛时的情景。"

这时，袁伟民挤进了记者室，一下子就把记者们的注意力吸引了过来。刚才，记者们在赛场上已经看到了中国姑娘们输球之后无限懊丧的情景。是啊，每局都领先，到头来又输掉了，能不可惜，能不遗憾吗？不过，他们从这位四十多岁的中国教练脸上却找不到一丝一毫的懊丧情绪。一位来自中国台湾的华侨陪同，怕袁伟民在记者招待会上碰到难堪的局面，一再劝说他："袁教练，你可以拒绝出席！"但袁伟民对他说："不，那不行！球输了，人不能输呀！"他毅然带上队长张蓉芳和副队长郎平两员主将向记者室走来。

记者们的职业特点，使他们对败者有着格外浓厚的兴趣。

"袁教练,请教一个问题,中国、美国和日本女排,是不是存在这样一个连环套,日本怕中国、中国怕美国,而美国呢又怕日本?"一位年轻的西方记者发问。

这位西方记者提出的问题,是近几年来在国际排坛和新闻界流行的看法,但袁伟民始终不赞同这种论点。他向记者们先讲述了近些年来中国队与美国队交锋的战绩,然后发表了自己结论性的意见。他说:"我们赢得多,输得少,我们不存在怕美国队的心理。但中美两队的实力差不多,关键是临场发挥。至于美国队与日本队的情况,塞林格自己说,他们怕日本。"

当然,记者们是不会放过中国队输给美国队这场球的。

袁伟民冷静地对这场球赛作了分析。他对记者们说:"我们的队长张蓉芳发挥正常,但一传和接应差。虽然每局都领先,但美国队赶上来后我们有些慌张。这种情况以前很少出现,说明我们在思想上有一定压力和包袱。今天比赛的焦点是网上争夺……美国队防反出色,比八二年世界锦标赛时有进步。"最后,他又补充了一句:"我们关键输在情绪不够稳定上。"

"请对下面的比赛谈谈看法。"记者中有人提问。

袁伟民略微思考了一下,又望望站在一旁的塞林格,说:"我们会在技术上做充分的准备,也会在心理上调整好,今天晚上回去就做工作。现在谁都想争这个冠军,谁都有压力,问题是看谁处理得好。"

中国教练的回答,实在而坦率,态度始终不卑不亢,给人一种充满自信的感觉,但又不说大话、绝话。他刚回答完记者的提问,塞林格就过来跟他握手。而且,塞林格还拿出一盒美国烟,递给袁伟民一支,"咔嚓"按动打火机的开关,为袁伟民点烟。袁伟民在俯首点烟的刹那间,透过明亮的火光,瞅了一眼这位美国教练。塞林格的那张严峻的脸,是颇具特色的。额骨突出,轮廓鲜明,仿佛是用刀斧雕刻出来的一样。美国女排二传手格林曾经用一句话对自己教练的脸作过精彩的描绘。她说:"开始人们会不喜欢这张脸,那些几乎谁都不怕的人也会害怕这张脸。"而此刻,袁伟民看到的不光是这表面的严峻,他惊讶塞林格今晚的一反常态。因为,谁都知道,塞林格有一副傲慢的性格。不用说赢了球他傲,就是输了球,他也从不服气的。前不久,在列宁格勒一位记者采访他,问他在美国怎么挑选队员、怎么训练队员,他却答非所问,突然冒出一句:"昨天晚上,我们赢了你们国家队一个十五比零。"其实那场球,美国队只是以三比二险胜,但他却只提那个十五比零,使在场的苏联队教练满脸通红下不来台。但今天晚上,美国队赢了中国队以后,他为什么采取这些一反常态,与他傲岸个性格格不入的行动呢?是不是他赢得有点心虚呢?他最清楚这场球是怎么赢下来的,决赛如遇到老对手,会碰到什么麻烦。他傲不起来,袁伟民透过打火机的火光,洞察到塞林格的这种心理状态之后,心里暗暗高兴。

回奥运村,坐班车得四十来分钟才能抵达。一路上,袁伟民就在思索着塞林格这个人。

塞林格的那张独特的脸和他的独特的个性,都是与他的生活经历分不开的。塞林格出生在波兰一个富有的犹太人家庭,第二次世界大战爆发后,他的父亲被纳粹分子抓走,后来就死于纳粹的枪口下。一九四二年,他刚满五岁,纳粹分子又将他和他的妈妈抓进了集中营。一九四四年的一个黑夜,塞林格和他的妈妈被押上了一辆囚车,准备拉出去处死。可囚车开到一个峡谷时,前面的桥被炸断了,混乱之中,他和妈妈躲在桥下的沼泽地里,终于死里逃生。他当过以色列国家女排教练,一九六九年以后在美国芝加哥大学和伊利诺斯大学学习运动生理,先后获得了硕士和博士学位。在世界各国女排的教练中,有博士头衔的教练,也是少见的。从本世纪八十年代初期开始,他率领的美国女排就成了中国女排走向世界冠军道路上的一只拦路虎。袁伟民永远也忘不了一九八二年九月十五日这个傍晚,中美两队在秘鲁海岸的契克拉约打了一场遭遇战。塞林格指挥的美国女排打疯了,竟然以十五比六、十五比九和十五比十一,三比零,就轻而易举地击败世界冠军中国队。塞林格的这一手,把袁伟民和中国姑娘逼到了濒临绝境的悬崖上去了。如果中国队在下面与古巴、苏联、澳大利亚和匈牙利队的四场比赛中,哪怕丢失一局,就有可能被挤出前四名半决赛的圈子。为了走出塞林格设下的困境,袁伟民六天六夜不得安宁。

塞林格又在心理上给袁伟民施加压力,他不止一次地对记者们说:"我们要尝尝世界冠军的滋味。"而且,他得意地拍了拍衣袋,拿出一个小本子,说:"这里面有各种图表,是电子计算机算的,这里面有人走的路线,球走的路线,运动员跳起的高度。中国队员详细材料,我这个小本子全有。"一时间,塞林格的"电脑排球",成为魅力无穷的新闻。

袁伟民是讲究科学的,他了解到,塞林格在美国与电子计算机专家阿里尔博士合作,对我国女排进行了仔细的分析和研究。塞林格充分利用现代技术来发展排球运动,确实不愧为一位有头脑的教练。但他认为不能迷信"电脑排球",他对记者们说:"电子计算机只能算出各队的技术状况,而对人们的意志品质、潜在能力,是无法计算的。"

果然,后来塞林格的"电脑排球"在东道主秘鲁队面前失灵了。袁伟民目睹了美、秘两队的比赛。秘鲁队聘请了一位名叫拉米列斯的啦啦队长,此人曾在一九七八年世界足球杯赛中被评为"南美最佳职业啦啦队长"。比赛时,拉米列斯身穿红色运动服,手持电喇叭高喊:"PERU!(秘鲁!)"观众席上几百个电喇叭同时呼应,噪音使人们互相说话都听不见,塞林格和他的队员们都显得烦躁不安,情绪出现了波动,结果在小河沟里翻了船。杀出重围的中国女排,失去了与美国女排决一雌雄的机会……

洛杉矶的夜景是很美的,但袁伟民一路上只顾想自己的心事,压根就无暇欣赏。呵,他认准了,塞林格与美国女排的致命弱点,就在于情绪容易波动。打疯了,他们是只虎,但一旦把他们的气势压了下去,他们也会变成一只猫。

真是一个不眠之夜啊!袁伟民苦苦地为球队的命运思索着、思索着……

大将风度的背后是什么?他说是"自信"。

袁伟民跟两位裁判(巴西人和联邦德国人)握手的时候,他感到他们的手冰凉得出奇。紧张啊,一家是东道主美国队,一家是世界冠军中国队。即使是经验再丰富的裁判,也无法不紧张。

球赛,险象环生,空前激烈。

观众,狂呼乱叫,如痴如醉。

亿万双眼睛追踪着那只在长滩体育馆上空飞驰的圆球。在大洋此岸和彼岸,不知有多少颗心悬到了喉咙口。面对着如此激烈的争夺,人们怎能沉得住气呢。

突然,站在裁判椅上的巴西裁判掏出一块黄牌,向中国教练高高举起,不住地挥动。黄牌,这是一种警告!谁违犯了场规?是袁伟民吗?不会的,这些年来,他指挥沉着冷静,从来没有违犯过场规。是邓若曾吗?不会的,他总是挨着袁伟民坐,有事只是不时告诉袁伟民,从来不大喊大叫。那么,究竟中国队的指挥员中,谁违犯了场规呢?

"Doctor! Doctor!"巴西裁判冲着中国队的随队医生田永福高声喊叫。

医生,本来是最冷静的人。可这位田大夫,每到比赛紧张的关键时刻,总是沉不住气。赛前,姑娘们跟他开玩笑说:"田大夫,只要你一叫,我们就来劲!给我们加油呀!"如果,田大夫是一位普遍观众，那他就是喊破嗓子，也无人管他。可是，他是随队大夫，就坐在教练的身边。按规定，在球场里面的人，是不允许大声对队员们喊叫的。

袁伟民朝田大夫摇摇手："田大夫，你别喊了。再喊，裁判会让你离开场地的。"

田大夫顺从地点了点头，他不再喊叫了。可当比赛又一次进入白热化时，他又忍不住了。他觉得应该为队员们添点劲。他不敢朝场上高声呼喊，但不喊又憋不住，他只好背过脸，朝观众台喊叫："中国，加油！中国，加油！"

任凭场上的形势变化起伏，袁伟民总是那么镇定自若、冷静沉着地坐在那条矮凳上，不喊不叫，不急不躁，不傲不笑。从他的脸上，压根儿瞧不出赛场上的胜与负。仿佛他是一个局外人，场上的变化跟他无关似的。当然，这全然是一种表面现象，其实他的心紧紧拴在那只来回飞动的大圆球上。他全神贯注地谛听着球儿发出的每一个声响，捕捉着场上的每一个细小变化。他总是不失时机地站起身，要求暂停。他在赛场上的形象，使人感到他是那样胸有成竹，那样风度翩翩。多少人为他的这种风度所倾倒。就连身经百战的老将军们也跷起拇指夸赞他的这种"大将风度"。

可是，每当记者向袁伟民提出"大将风度"时，他总是谦逊地笑道："不敢当！不敢当！如果非要我回答，大将风度的背后是什么的话，那我可以告诉你，其实就是'自信'两个字。我在比赛场上，所以能比较沉得住气，主要是靠这种自信心，对自己的指挥有信心，对自己的队伍有信心。一九七六年，我刚走马上任当教练时，并不是像现在这样沉得住气的。记得，那时在首都体育馆跟秘鲁国家女排打比赛，我坐在场外又喊又叫，真恨不得自己上场去打，比运动员还运动员。我这个人过去脾气也是很暴躁的，不像现在这样沉得住气。看来，一个人的性格、脾气，在长期的工作中，经过种种磨炼，是可以变化的。"

记者的职业习惯就是爱刨根问底。

"袁指导,那么你的这种自信心,是怎么建立起来的呢?"记者追问他。

他笑笑,讲述起郎平在这场奥运会女排决赛前后的情景。

胜利者,自有胜利者的欢乐;失利者,自有失利者的苦恼。庞大的奥运村里聚居着来自一百四十个国家和地区的近八千名运动员。这里是欢乐与苦恼交汇的场所。从幢幢高楼的窗口里,既飞出了歌声、笑声,又飘出来叹息声、哭泣……

中国女排虽然以三比零轻取日本队,但主攻手郎平此刻却坐在楼下草坪的一条木椅上默默流泪。昨天打日本队,她发挥得很好。还是输给美国队那场球在折磨着她,这些天来,人们见了她,总要谈几句鼓励的话,"郎平不要背包袱,放开打!""郎平,明天就看你的了!""郎平……"唉呀,不就是我打美国队没打好嘛,可没打好的又不是我一个人,干吗都冲着我说呀!本来是人们的一片好意,她却当成包袱背起来了。她觉得大家有些不信任她,她委屈得一个人躲在这儿悄悄哭泣。

袁伟民听说郎平在楼下草坪上哭,就派张蓉芳去把她叫上楼来。

张蓉芳找到了郎平,见她那么伤心,心里就不免有几分焦急。她问:"大郎,怎么啦?"

不问则已,一问倒使郎平哭得更伤心了,泪水不断往下流淌,哭到后来都哭出声来了。

张蓉芳见郎平这一哭,更加焦虑不安起来。她也不说别的了,只是说:"大郎,袁指导叫你上楼去。"

郎平边哭边说:"没有什么事,我自己能想通的。"话是这么说,可哭得更厉害了。抽抽噎噎,上气不接下气。

张蓉芳性子直,一急眼,话就说得重了。她说:"郎平,你平日里挺懂事的,今天是怎么啦?明天,我们就要跟美国队打决赛了,年轻队员看你这么哭,会怎么想?别哭了,我们要以大局为重……"说着说着,她自己也急得哭了起来。

后来,还是袁伟民下楼把郎平叫回屋去。

"六个人打,打不好就冲我来,不相信我,明天可以不上我嘛!"郎平边哭边委屈地诉说着。

袁伟民那双并不算大却特别有神的眼睛,紧紧盯着郎平,但没有马上说话。他吸着烟,也许是借吸烟的空儿在思索着该说的话语。

沉默了好一阵子,他终于开口了。不过,郎平等来的不是袁伟民的抚慰,而是一顿结结实实的狠说。

他一下子就把矛盾捅开了。他说:"大家叫你不要背包袱,是鼓励你嘛!你有什么好委屈的呢?前几年,同志们这么说你,你肯定不会当成包袱背,而会当成一种鼓励自己前进的力量。为什么现在这么说你,你就当成包袱背了呢?你拿过两次世界冠军,当了几次'十佳'运动员,又是世界著名扣球手,输不得了。是不?上场球,你就是没有打好嘛!世界上哪有常胜将军呀!输球不要紧,问题是怎么转败为胜。我看,你还是个人得失考虑得多了。明天我们就打美国队了,你的这种委屈情绪必须彻底扭转过来。"不知是烟呛的,还是气管炎又犯了,他接连咳了几声。

这一顿狠剋,倒把郎平剋舒服了。她停住了哭泣,一对泪眼不好意思地望着袁伟民。

刚停住咳嗽,袁伟民又接着说:"谁不相信你了呀,我是指导,我相信嘛!"

郎平没有再哭泣,也没有再说话,只是在自己的心里直埋怨:哎呀,我怎么这么不懂事呢,同志们说我,还不是为我好?我真不该在这种紧张的关键时刻还分他的心……

袁伟民回到宿舍,躺下了,但睡不着。他了解郎平,重说她一顿,并无坏处。但在这决赛的前夕,剋得这么重,她受得了吗?他有点不放心。

第二天开准备会时,他让队长张蓉芳主持,自己坐在一旁悄悄地观察郎平的神情。

"小杨,你……"

"毛毛,你……"

袁伟民发现,郎平又像往日一样,以主人翁的态度一一向队友们提出了自己的希望。他感到欣慰。决赛开始后,他还在观察郎平。每打出一个好球,郎平就紧握双拳,在场上兴奋地跑动。这是郎平达到最佳竞技状态时的一个习惯的动作。好了,"铁榔头"又要逞威风了!袁伟民虽然脸上没有什么表情,但内心里却暗暗地感到高兴。

"自信心,就建立在赛前扎扎实实的工作上。对每个上场的队员,赛前我都要一个个做她们的工作,消除她们的顾虑,解决她们的困难。到赛场上,只要她们正常发挥,我还有什么好焦急的呢?当然,更大量的工作不是在赛前,而是在平日。在冬训时,我们让大家一次次看日本队、美国队打比赛的实况录像,找了男队员当海曼、克罗克特……进行艰苦的模拟训练。对付世界各强队的技战术,我们对队员进行过严格的考试……"

知己知彼,成竹在胸,这就是袁伟民的自信心!

当然,他并不是没有失误的时候。出乎意料的失败,也是有过的。但可贵的是,即使在措手不及的情况下,他也能控制自己,至少从表面上看,他依然能做到镇定自若。

"你难道就不紧张吗?"记者好奇地问他。

袁伟民老老实实地说:"事关祖国荣辱,能不紧张吗?我也紧张,紧张得睡不好,吃不下,人也消瘦了许多,但临场指挥时,也许是我把注意力都放在琢磨对策上去了,别的什么也顾不上去想,也没有精力去想。我也有害怕的时候,不过,那不是在比赛进行的过程中，而往往是在比赛结束之后。用我们的口头语讲，就是后怕。"

啊，三军易得，良将难求！

他在记事本里写了"立功"两个字，并且破例地和她握了手。

十四比十四，中美女排决赛第一局达到了白热化的最高潮。中国女排是在十四比九领先的情况下，被美国队追上来的。人们真担心中国队重蹈十一月三日晚上的复辙。如果，美国再赢两分，那这场球就很难打了。因为，一旦美国队打疯了，就会成为一只威武的老虎！

这时，中国队拿到发球权，杨晓君正往底线走去。袁伟民不失时机地站起身，要求换人。袁伟民一招呼，侯玉珠——一个瘦高个姑娘，走上场，替下了杨晓君。

侯玉珠，可是一位名不见经传的新手呀！袁伟民，在这节骨眼上，怎么派她上场呢？不等人们想清问题，侯玉珠已走到底线外面，抓起一只洁白的排球。她不慌不忙地在地板上拍打着球，仿佛是在熟悉那只球的弹跳性能。拍打几下之后，她抓住球，伸出左手，把球稳稳地托了起来。她挥动右胳膊，猛然一击，球急速地向对方球场飞去。啊，飞过网了！啊，怎么还往后飞？要飞出界了！美国队员也以为这个球出界了，但球向界内下落，落到了一个谁也不伸手去救的的空档里。

得分！十五比十四，侯玉珠一发即中，为中国女排赢得了至关重要的一分！姑娘们高兴得跳了起来。队长张蓉芳急忙奔跑过去，拍打了一下年轻的队友，祝贺她，感谢她。

自己一上场就得了一分，侯玉珠心里也乐滋滋的。她又站到底线之外，不慌不忙地托起了球……

美国队吃了一闷棍，有些心慌了。这是不是中国队的"秘密武器"呢？她们记得，记者在赛前问袁伟民中国队有没有"秘密武器"

时,他是这样回答的:"我们没有什么'秘密武器'。在比赛中,发现我们有什么新的技术,如果认为是'秘密武器'的话,那么我们就算有。"这个发球不算"秘密武器",又算什么呀!此时美国队员的心情是,谁都希望侯玉珠的球不要发到自己的防范区域里来。

球,侯玉珠发出的第二个球,又急匆匆地向美国队的后方飞去。美国的一位队员慌慌张张将球垫起,但垫过劲了,球直接往我队飞来。这是一个"探头球"。等它一在网上露头,郎平就高高跳起,挥动"铁榔头"一锤砸了过去。

呵,好一个落地开花球!

十六比十四,电动记分牌终于跳出了这个亿万中国观众久久盼望的数字!

郎平扣完球,自己高兴得一蹦老高老高。她和队友们一齐向侯玉珠跑去,欢快地拍打着这位年轻的队友。侯玉珠心里直乐,为自己的两个发球成功而乐。

侯玉珠怎么也想不到,她的指导袁伟民,此时正往他的那个黑色塑料封面的记事本上写下了两个字:"立功!"在那个记载着二百四十四场国际比赛简况的记事本里,还是头一次出现这两个充满感情的字眼。而且,当中美两队交换场地时,袁伟民又走到场边,跟侯玉珠紧紧地握了握手。这是一次破例的握手。八年来,他第一次在赛场上跟一个自己的队员握手,而且握得那么紧,那么使劲。当袁伟民握着侯玉珠的手时,侯玉珠感到快慰。事后,张蓉芳告诉她:"你的福气多大呀!我打了八年球,拿了两次世界冠军,打过不知多少好球,可从来没有享受过这种荣誉。袁指导从来没有在赛场上握过我的手……"侯玉珠这才意识到,原来这次握手,是袁指导给她的一个特殊荣誉。她感到了这次握手的分量,同时也开始后怕了。

她的后怕是有道理的。塞林格在记者招待会上说:"如果是美国胜了第一局,那么全场比赛的结果很可能就不一样了。"塞林格认为,美国失利的转折点就是这两个球。袁伟民后来在总结时讲:"侯玉珠的这两个球,从某种意义上讲,奠定了我们'三连冠'的基础。从第二局起,美国就失去了信心。一蹶不振了。"

这两个球,无疑将写进中国女排"三连冠"的史册,而且将永远留在各国观众的记忆中。人们在赞扬侯玉珠的同时,无不称赞袁伟民用兵有方。

这是一九八三年七月,在香港打世界女排超级明星赛时,袁伟民第一次发现侯玉珠的发球有点"怪"。他琢磨开了,如果把这种"怪"发展一下,她的发球就会成为很厉害的一个"绝招"。

当袁伟民将这个想法告诉侯玉珠时,她笑着说:"指导,我的发球不行。"她还没有意识到自己的发球有什么不同一般之处。袁伟民不再说什么了,他决计让她多练,直练到她自己也认为自己的发球确实有特长为止。

在漫长的冬训中,袁伟民给她订了一个练发球的计划,常常为她开"小灶"。训练课快结束时,他走到侯玉珠跟前,不容商量地说:"侯玉珠,发十个球!"发十个球还不容易,用不上一会儿就可以完成指标了。其实,这十个球并不好发,发坏一个要罚一个,往往发上几十个、上百个也完不成任务。不知多少次,同伴们都下课去洗澡了,而她还一个人站在底线外面的地板上,一次又一次地挥臂击球,直练得胳膊都酸疼得抬不起来。袁伟民站在对面的球场上,不停地说:"坏球,加一个!"说也怪,吃了一个时期的"小灶",发上千个万个球之后,果然,她自己也相信自己的发球不同一般了。有一天,她怀着感激的心情对袁伟民说:"指导,你说我的发球有特长,我信了。"

袁伟民说:"不过,你的特长,还得到赛场去经受考验!"在他看来,作为教练,就是要为运动员提供拼搏的机会。

这次在洛杉矶,中国队头一场打巴西队,袁伟民就派侯玉珠上场。这位二十刚出头的福建姑娘,是第一回见到这么大的场面,上场后就慌神了。拿着球,往底线外一站,心儿就咚咚咚跳得慌,竟然不知道怎么将球发出去。愣了一会儿神,不发不行呀,发了两个球,一个碰网,一个出界。她被换了下来。这下可好,不挨指导一顿狠剋才怪呢!她忐忑不安地等待着这顿剋。她觉得,剋一顿是活该的,谁叫自己这么没有出息呢!她焦急地等呀,等呀,一直等到下一场打联邦德国的比赛,袁伟民也没有数落她一句。在袁伟民看来,一个年轻的新队员,头一回打这重大的比赛,慌点神是难免的。打联邦德国队,他又派她上场了。侯玉珠眨巴着那双细细的聪慧的眼睛,望了望袁伟民,感到有几分惊讶。不过,她心里明白,教练仍然相信她,相信那个不同一般的发球。这次,她不像上次那么慌神了,几个球都发过去了,也许是由于紧张的心理状态并没有完全消除,那一招的"绝劲"未能充分显示出来。第三场,打美国队,她又上去发球了,还是发得平平常常。打日本队,是重要的一仗,袁伟民还派她上场。她心想,袁指导一而再,再而三地派自己出场,说明我的发球还真行。这么一想,神情就镇定了,发过去的球也显出了威力,还真的使日本队吃了亏。

到中美女排决赛时,袁伟民不派她上场,她都有点跃跃欲试了,她心想,场上打得那么紧张,袁指导怎么不派我上去发几个球呢!当比分出现十四比十四时,袁伟民终于出她这个"奇兵"了。侯玉珠往场里走,心里是那么兴奋,仿佛她不是去打一场决定中国队命运的奥运会决赛,倒轻松得仿佛跟平日的训练一样。什么叫运动员的竞技状态呀?这就是一个运动员的最佳竞技状态。

"我的这种最佳竞技状态,是袁指导帮助我调整出来的。"侯玉珠感激地这么说。

如果从这个意义上说,用兵有方,用兵如神,袁伟民都是当之无愧的。

他们斗红了眼。但发奖仪式即将开始时，山田重雄终于向他走来。他们握手言欢了。

发奖仪式即将开始，中国、美国、日本女排姑娘们都登上了领奖台。而三位教练——袁伟民、塞林格、山田重雄照例是不上领奖台的。他们——三位曾经为了奥运会金牌斗红了眼的男子汉，伫立在赛场边上，等待着给他们祖国带来荣誉的激动人心的时刻。

袁伟民顾盼了一下前后左右。他发现刚刚摆脱记者们追问的塞林格，站在离他不远的一边。刚才，在那间记者室里，不少记者在责难塞林格。这位被人们称为"冷面孔"的犹太人，说了那么多动感情的话。他对记者们说，他感谢美国政府让他一家人入了美国籍。感谢美国信任他，把女排交给他。这十年，他作了多大的努力，才使美国女排从默默无闻，变成世界强队，第一次拿到了奥运会的银牌。他激动地说："我是问心无愧的。但是，如果大家认为我还有欠缺，欢迎大家提出来。"塞林格说这番话的时候，袁伟民就坐在一旁。在赛场上，他千方百计要斗败塞林格。而此刻，他又设身处地地为塞林格着想，深深地同情他。他真希望记者们适可而止，不要对塞林格穷追不放。他想，塞林格只能这么说，此外还能说什么呢！当然，苦苦奋斗了八九年，到头来仍与世界冠军无缘，对于塞林格和美国女排姑娘们来说，都是一个很大的遗憾。但平心而论，塞林格使美国女排跻身于世界诸强，使世界排球技术出现了一个众彩纷争的局面，而且还击败世界冠军中国队，应该承认，这位美国教练是有功的。他的英名，也将留在排球发展的史篇中。袁伟民与塞林格，在记者招待会上就握手言欢了。

但站在他身后的日本队总教练山田重雄，自从斗红了眼以后，至今还没有打过一个招呼，说过一句话。袁伟民朝山田望了望，只见山田站在那儿动也不动，没有任何走过来握手言欢的意思。他真想转身向这位日本老教练走去，跟他握一握手。但理智告诉他，不能这么做。一个得胜者,主动走到一位败将跟前去握手,人家不会误会吗?喔,你赢了,来跟我握手了。你瞧,这个人多得意啊!对,不能走过去。

山田重雄在日本有着很高的威望,深谙韬略,老谋深算。在世界排坛上流传着一个"老狐狸"与"小狐狸"斗智的故事。这个故事的主角,就是苏联教练阿夫维里齐亚和青年时代的山田重雄。六十年代末期,日、苏两支女排队伍正争雄于世界排坛。一九六八年上半年,年轻的山田重雄带领日本女排去苏联参加两队的对抗赛。阿夫维里齐亚佯称苏队的主攻手鲁斯卡莉有病,把她藏了起来。苏联的舆论界作了巧妙的配合,谎话说得天衣无缝,对抗赛鲁斯卡莉果然没有出场,日本队赢了。这下,山田深信不疑了。可是,在下半年的墨西哥奥运会上,鲁斯卡莉突然露面了,使日本队猝不及防,失去了问鼎冠军的机缘。"老狐狸"计胜一筹。山田吃了这个亏后,千方百计图谋报复。时隔六年,阿夫维里齐亚率队去日本打对抗赛。山田除派六名队员应战外,让全部替补队员在场上作记录,详细地记下了苏联队的技战术。同时,动用一部十六毫米的摄影机,拍下了苏联队的比赛实况。山田还让所有可能接触苏联教练的人,都去接触阿夫维里齐亚,从各个侧面了解苏联教练的脾性。因为他深知,一支队伍的风格,是离不开这支队伍教练的脾性的。在这年举行的世界锦标赛上,他大胆起用白井和松田打二传,给了苏联队一个措手不及,拿了世界冠军。在一九七六年蒙特利尔的奥运会上,山田指挥日本女排击败了苏联队。接着,他又带领日本女排在日本举行的世界杯赛中夺魁,实现了"三连霸"的伟业。"小狐狸"智高一着,终于斗败了"老狐狸"。

纵观排球发展史,看起来,为了各自祖国的荣誉,斗是必然的。拿这届奥运会来说吧,世界冠军就那么一个,世界三强都盯着它。日本说,不拿冠军不回乡。美国声称,"拿第二名,就是失败。"而中国队呢，不夺魁，就无脸见江东父老。究竟冠军谁属呢？那就只好斗了，斗智又斗力。

袁伟民与山田的斗，应追溯到一九七九年在香港举行的亚洲女排锦标赛。那次，袁伟民经过三年的探索，找到了一条女子排球运动的"中国道路"。它既不同于苏联队的高起高打，也不同于日本队"防守第一"的打法。中国女排走的是一条网上与防守结合，全面发展的独特之路。在那次亚洲锦标赛中，我国女排先后击败了南朝鲜和日本女排，第一次登上了亚洲冠军的宝座。赛后的一天，山田重雄突然敲响了袁伟民的房门。袁伟民没有想到这位名噪一时的日本排坛权威人物会来看他，真有点喜出望外。他热情而又有礼貌地接待了他。说真的，他当时还摸不透山田这次造访的真正用意。

刚一落座，山田就赞扬了中国女排的长足进步，他热情洋溢地说："希望中国队打败日本队、苏联队和美国队，成为世界冠军。"

袁伟民感谢山田的鼓励，但还在心里琢磨着山田说这番话的用意。

山田沉默了一会儿，一双眼睛不住地瞧着袁伟民。袁伟民感觉到山田还有更重要的话要说。

果然，山田又热情地说了起来："我想为中国队夺取世界冠军出点力，到中国给你当顾问。"边说，他边注视着袁伟民的反应，"我这儿有美国队、苏联队、日本队的录像资料，我可以统统带去给你们看……"

袁伟民很有礼貌地回答说："谢谢您的好意。不过，这件事，我做不了主，回国后，我一定将您的愿望转告排协。"

尽管这位年轻的中国教练，说话彬彬有礼，但山田已感到将来恐怕是自己的一个并不好对付的对手。

送走山田之后，袁伟民在思索，一个队总得有自己的风格。六十年代前期，我们走的是苏联的路，六十年代中期，也学过日本大松的一套。无疑，学人之长，对我们都有好处。但要超过日本队和苏联队,就得沿着这几年已开创的"中国道路"走下去。看来,这件事要得罪这位日本权威了。但又有什么办法呢!

山田回到日本后,不见袁伟民有邀请他当顾问的动向,心中有些不快。不久,日本《排球杂志》上就登出了一篇他评说袁伟民和中国女排的文章。

山田的文章这样写道:

> 这五六年间,我一直在看中国的排球发展,给我的感觉她们没有任何变化。所变的,只不过是运动员的体质好了。
>
> 如果我们与中国打五场,日本可以胜三场半,而中国有取胜可能的只有一场半。日中两方实力是7比3,日本占优势。
>
> 郎平主宰一切。她进入国家队充其量也不过一年的时间,就担当主攻手,在队里起主导作用,补当主角,这实在是够可怜的。她的扣球不猛,毫不足惧。
>
> 中国女排的二传手孙晋芳基本功不足,没有自己的风格。只要继续用她做二传手,充其量世界上拿个三四名,若要纠正,可能来不及了。
>
> 我在香港的报纸上见到了比赛后一记者的采访报道,袁总教练讲:"我们在去年和今年到日本进行远征,对她们做了充分的研究。其成果在今天已经体现出来了。"这完全是胡说八道。以前,说学习、学习,现在已经不是谈学习,而是说起学习效果来了。这些话应该在你拿到奥运会金牌后再说,而不应该现在说。
>
> 中国女排材料好,就是厨师差。袁总教练使用队员能力差。攻击战术虽然用了不少,可是这些完全是日本的玩意儿,没有一样是袁总教练自己创作的。从这个意义上讲,

袁总教练还够不上谈论世界的资格。小岛既有作战经验，又善于用兵，袁总教练根本不能比。

在野的山田重雄，在文章末尾向在台上的日本队教练呼喊："小岛，你就把美国作为对手吧！"

见到此文的朋友，劝袁伟民看完了之后，不必让队员们看。此文偏颇较大，生怕队员读后会影响士气。但袁伟民细细拜读之后，倒觉得这篇文章对队员们颇有教益。他召集全体队员开会，一字不落地将译文念了一遍。没有想到，山田的文章竟成了一纸动员令，姑娘们听后，气呼呼地说："山田，你等着瞧吧！"

不久，中国女排出访大洋彼岸的美国，以六胜一负的战绩，显示了自己的实力。后来，山田带队来福建漳州训练，托《体育报》的一位记者捎信给袁伟民。他对那位记者说："请转告袁总教练，我写那篇文章，是有意刺激他和中国女排，希望他们能拿世界冠军。"

且不论是有意刺激还是无意刺激，袁伟民和中国姑娘们对他是感激的。因为，他们有了这个刺激，才更有发奋的激情。

小岛在一九八二年的世界锦标赛上失利之后，山田重雄和他的得意门生米田一典出任日本女排的总教练和教练。而且，在福冈举行的亚洲女排锦标赛上，他就给刚刚经过新老更替的中国女排泼了一盆冷水。他还破例地让袁伟民亲自带领中国女排走上亚军的领奖台，想从精神上挫伤一下中国教练和中国队员。看来，当年的"小狐狸"，已变成了"老狐狸"。

但是，袁伟民毕竟是一位久经沙场的赫赫英才。面对像山田这样老成持重的日本强汉，他胸中自有宏韬大略和浩然正气。

"帅不倒，兵不散。"果然，一九八四年夏天，在苏联举行的四强对抗赛中，山田重雄在袁伟民统率中国女排面前就失之掉以轻心了，他带去了不少记者，安排了日本的"黄金时间"进行实况转播。

没想到,袁伟民经过半年多的卧薪尝胆,已经使中国女排走出了困境。中、日两队在里加第一次交锋时,山田坐在主席台上,手里拿着一个录音机,边看球边解说边录音,神态潇洒。可是,随着场上比分的变化,袁伟民发现,山田渐渐不讲话了,到后来就沉默下来,神情甚至有点发愣。输了第一场后,山田亲自找米田和队员们研究对策,尤其是精心布置了如何对付郎平、张蓉芳的战术战略。而且,仍然安排晚上的"黄金时间"向日本国内转播比赛实况。等到比赛快开始时,他才发现中国队没有出郎平和张蓉芳。这下日本队的队员们有点慌乱了,而中国队新上场的两位年轻小将姜英和侯玉珠,又打得格外漂亮,第一局竟然打了日本队一个十五比二。山田在回答记者的提问时,也只好承认:"中国没有派出最好人选,就把我们打败了。只好加油,在奥运会上击败对手吧!"山田公开宣称,为了打败中国队,他将亲临第一线指挥。不过,袁伟民使他在日本电视观众面前丢了面子,他有些恼火,竟责怪袁伟民连起码的国际比赛常识都不懂。

袁伟民只是淡淡一笑,比赛嘛,斗智又斗力。兵不厌诈,你们不也常用吗!

当山田与袁伟民在美国洛杉矶相见时,山田故意不予理睬。只要袁伟民带着中国姑娘从这个门进去,他就立即率领日本姑娘从那个门走掉。袁伟民心想,山田如此做的原因,可能有两个:一是技术保密,造成一种神秘感,让袁伟民猜不透日本队有什么新的绝招;二是余恨未消。看来,他们确确实实为这个奥运会冠军斗红眼了。

其实,不说话也是一种无声的斗,更深沉更隐蔽的斗。甚至半决赛中、日两队相逢时,他们也不打招呼。山田真的亲临现场指挥比赛。可惜,中国队打得太顺,几乎是抓住日本队的弱点打,使日本队无还手之力,以三比零轻取。在比赛过程中,袁伟民几次观察了山田。当山田见大势已去时,神情有点沮丧,一而再地指挥失当……

体育界有一句名言,"场上是对手,场下是朋友。"比赛总有胜负,如今斗完几个回合了,总不能还像冤家对头似的,应该握手言欢了。再过一会儿,就要发奖了,此时不和解,还待何时?

山田重雄终于挪动脚步了,袁伟民发现,山田是朝他走来的。袁伟民转过身,准备迎上去,山田走到中国对手跟前,站住了。两人对望着,都伸出了手。山田握着袁伟民的手说:"祝贺你们获得'三连霸'!"语气诚恳,态度自然。袁伟民为山田的这种姿态所感动,真有不少话想对他说。说实在的,他对这位日本老教练是十分尊重的。无疑,山田称得上是一位优秀的教练员。虽然,为了祖国的荣誉,这几年来不得不跟他斗,但在斗之中也向他学习了不少有益的东西。但这些他都没有说,只是真诚地说了一句话:"山田先生,您也是'三连霸'的教练呀!"

他们相视一笑,手没有放开,他们终于握手言欢了。

此时,雄壮的中华人民共和国国歌奏响了,在那使人热血沸腾的旋律里,千千万万观众看到,袁伟民通体闪耀着一种生动的、独具魅力的异彩。是的,此刻,他是作为一个中国男子汉的典型形象,堂堂正正地站到了世界人民的面前。在他的身上,不仅有我们民族坚韧而智慧,含蓄而大度的传统品性和气概,而且也融进了社会主义祖国荣誉的血液。

他闲不住,每天都在还债,还他欠下的人情债。

在洛杉矶,一位记者问他:"袁教练,你们已经实现'三连霸'了,你现在想的是什么?"

袁伟民实实在在地回答说:"回到北京之后,我想休息一下。八年来的南征北战,太疲倦了。"

确实,八年来,他付出太多太多了。本来他是一个爱好十分广泛的人,读小说、练书法、看电影、看电视、下象棋……但是为了事业，他舍弃了众多的爱好，把全身心都扑在排球上，简直是离开排球就无法生存。结果呢，他自己成了排球"疯子"，而他的队员呢，也都成了排球"傻子"。但想成就一件大事业，都少不了这种"疯子"和"傻子"。

正因为这些年来，袁伟民变成了事业上的"疯子"，他欠下了数不清的人情债。妻子、儿子、母亲、兄弟姐妹、同学、朋友、观众……

从洛杉矶载誉归来，刚刚到达首都机场的卫星大厅，他就把别人献给他的一束献花，送到妻子郑沪英面前，深情地说了一句："这束花，献给你吧！"

八年来，他欠她的人情债有多少呀？谁也说不清，只有他们两口子自己才知道。一束鲜花，还得清这么重的债吗？礼轻情意重，她满足了。她满脸通红地接过这束鲜花，激动的泪水夺眶而出。

他来到北京火车站，登上了南行的列车。一上车，他就被旅客们认出来了。于是他就开始为旅客们签名，签在手帕上、工作证上、笔记本上、白纸片上……敏感的记者也挤过来了，把话筒伸到他的嘴边。谈什么呢？他动情地说："这次回苏州，是去还情的。故乡有我的老母亲、有我的姐姐、有我儿时的同学、老师。这些年来，朋友们给我写了许多信，我顾不上回，这次回去看看他们，跟他们聊一聊……"

姑苏小城轰动了。故乡人为出了这么一个中外闻名的人物而自豪。来看望他的人，成天络绎不绝。相识的、不相识的，都来看望他，跟他聊聊天。但是，不管多忙，每天他都要老老实实地在他年迈的妈妈身边坐上一阵子。母亲已经八十多高龄了，无时无刻不强烈地思念生活在远方的儿子。但是，他已经四年没有回来看望她老人家了。风烛残年，见一次少一次，母亲几乎天天唠叨着儿子。前些日子，电视转播奥运会女排比赛的实况，一有袁伟民的镜头，家里人就急忙喊起来："妈，你看，伟民，伟民！"等老人擦擦眼睛往电视上看的时候，儿子早就消失了。这些天，母亲老抚摸着儿子，生怕他猛然间就会消失。她不停地给儿子讲述他小时候的一桩桩淘气的往事。袁伟民虽然话语不多，但只要这么静静地坐上一小会儿，母亲就高兴。而对他自己来说，也算还了母亲一点情……

都已经到了初秋时节了，袁伟民才得空带女排姑娘们到承德避暑山庄休整了五天。搞完了总结，好容易有半天空暇，就被住在隔壁的一批来承德开学术会议的教授、学部委员和专家们给请走了。

"袁伟民，给我们讲讲奥运会吧！"教授们请求他。

袁伟民向来尊敬这些有大学问的人们。既然是教授们有请，还有什么好说的呢。一聊，就是一个半天。聊完了比赛情况，教授、专家们纷纷递上笔记本，要他签名留念。因为人多，教授、专家们就自然地排成了一队，一个个挨着让他签名。袁伟民握笔的手在微微颤抖着，他太激动了。

后来，他跟队员们谈了当时的思想活动。他说："我袁伟民只不过是一个普普通通的教练员，而他们都是德高望重的教授、专家、学部委员。为什么他们要我签名呢？因为我们的名字与祖国的荣誉联在一起。所以，我们不能把签名看成是一种负担。不是的，签名，也是向观众，向人民还情。凡是要我们签名的，无论是熟人还是生人，无论是老者还是少年，我们都要签，我们签上的是一个个普通的名字，但我们却满足了一颗颗爱国的心……"

当然，袁伟民更忘不了党中央和上级党组织无微不至的关怀。中央书记处在中南海接见了他们，赵紫阳总理还设宴请过他们。

什么叫情重如山呀？这就叫情重如山。袁伟民老爱讲这样一些话："成绩归功于党，归功于人民，归功于集体。我是排球队的一个成员。我所做的一切都离不开排球队这个集体。"

他说的不是客套，全是真心话。凡是欠下的人情债，他都要还。他说："我知道，这些人情债我还到生命的最后一刻也是还不清的，但我还要还,在教练工作岗位上要还,以后不当教练了,在别的工作岗位也要还,一直还下去,还下去……"

呵,他就是这样一个气概非凡而又富有情感的中国男子汉!

一九八四年秋末写于北京五峰斋

女排队长之路

古人说,"三十而立"。而她——原中国女子排球队队长曹慧英,到了"而立"之年时,已经结束了轰轰烈烈的运动员生涯,从球坛引退了。

当她伫立在"三十"这个人生的台阶上,回首望着来路时,她感到欣慰。因为,她看见自己在这条坎坷曲折的路上留下的硕大而深凹的脚印里,不仅有少女时代的纯真和欢乐,而且有青春时期的理想和追求。如果每一个脚印都是一个音符的话,那么,这数不清的脚印汇成了一支对母亲——祖国的深情的歌。

从阿庆嫂到运动员

一九七〇年的金色秋天,曹慧英正在她的故乡——河北省滦南县南套沙沟子的庄稼地里,与乡亲们一起挖地瓜,一边劳动,一边哼唱着阿庆嫂的台词。

远处,一位生产队的干部大声呼叫她:"曹慧英,上面来人找你!"

曹慧英一边答应着,一边搓着手上的泥,欢蹦乱跳地往村里跑。"准是县剧团来人找我了!"她这么猜测着,便加快了奔跑的速度。

当演员,这是她盼望已久的事,她模样俊俏,高高的鼻梁,大大的眼睛,还有一副清亮甜润的嗓子。谁人见了,都说她是块当演员的好材料。她九岁那年,遇见了从唐山到村里来搞"四清"的评剧演员孙淑芬。一见面,孙淑芬就喜欢上了这个清秀的乡村女孩,又教她唱戏，又教她练功。曹慧英就像影子一样跟着孙淑芬。两年后，孙淑芬回唐山去了，别的孩子也不练功了，可曹慧英却独自一个人坚持练。就连平时走路都不老实，走着走着就来一个劈叉，来一个倒立，惹得她妈妈直数落她："一个丫头家，成天疯疯癫癫的，像个什么样子！"

　　长到十五六岁，曹慧英真的上戏台了。村里排练京剧《沙家浜》，她饰沙奶奶。本来，她是想演阿庆嫂的，但她的个儿太高，别人不好配戏。演沙奶奶就演沙奶奶吧，反正能登台演出就行。她妈妈却不高兴了，老跟她叨唠："你别演戏了，这么点小女孩演什么老太太呀！"不久，演阿庆嫂的演员病了，找不到合适的人顶替，最后还是推曹慧英来演。头一场是在村校的操场上演出的，村里村外的乡亲们都来观看。她妈妈、姐姐还一早就拿板凳去占了座。曹慧英唱得有腔有调，把阿庆嫂的味儿演得挺足。外村的一位大爷直夸赞："谁家的闺女，长得这么俊，演得这么好。"她妈在一旁听到了，心里直乐，回到家还说个没完。

　　她的一位颇有见地的婶婶把她推荐给县剧团。听说，人家对曹慧英还挺感兴趣。

　　一想到当演员的梦想真的要变成现实，她压抑不住内心的欢喜，脸上挂满了笑容。可是当她气喘吁吁地跑到队部办公室门口时，她傻眼了。

　　坐在办公室长椅上的两位客人，都是大高个儿，一点也不像剧团里的人。他们见曹慧英进屋，急忙站立起来，微笑着伸过手去。曹慧英有生以来还没有跟人握过手，禁不住面红耳赤起来。她一边握手一边在想："他们究竟从哪里来的呢？"这时，一位操广东口音的"大高个儿"自我介绍说："我们是北京体育学院的老师……"

　　呵，明白了！在北京工作的姐姐前些日子给她来过信，说妈妈到北京串门时，姐姐问起了曹慧英的情况，妈妈发愁地说："唉，别提了,长得那么高,不敢出门了,走路都恨不得把脚踩到坑里……"姐姐一听,高兴地说:"北京体院正在招生,让小五去学体育好啦!"姐夫自告奋勇给体院写了一封推荐信。不久,体院写信告诉她姐姐,说是要到乡下看看曹慧英。真快,说来就来了。

两位客人一会儿让曹慧英跳起来摸高,一会儿量她的个儿,一会儿叫她伸胳膊,一会儿量她的手指。她老老实实,一一照做。两位北京客人不停地在小本子上记录着,还问了她许多问题。她有些紧张,心儿跳得慌,人家问些什么,自己回答些什么,全忘干净了。她只记得那位广东口音很重的"高个儿"客人告诉她一句话:"一颗红心,两种准备。"

客人一走,曹慧英的心绪就乱了。当演员,当运动员,两个志愿就像两只吊桶似的,在她的心里七上八下。她演阿庆嫂已轰动村里村外,县剧团对她兴趣很大,她真留恋乡间那简陋的戏台。可个儿又老往上长,同学们已经给她起了两个外号了,什么"细麻秆""大骆驼"……江南哪有这么高的"阿庆嫂"呀?最讨厌的是那双脚丫,长得那么大,比男人们的还大。妈妈愁容满面地问过她爸爸:"有什么法子使小五的大脚丫变小呢?"父亲闷坐了好半天,吧嗒吧嗒吸着烟,吐着雾,最后总算想出了一个中国最古老的办法:裹脚!在这个传统观念浓厚的农民家庭里,他的话无异于皇上的圣旨。她几个姐姐的婚事,都是父亲一句话定终身的。他威严得使孩子和孩子的妈妈都怕他。吃饭时,只要谁说话声音大一点,他就用筷子往桌子上一拍,顿时,全家上下就鸦雀无声。不过,曹慧英有点例外,她是这个家庭里的"老丫头",父亲有点偏爱。下地干活时,他曾经用他那粗重的嗓音一字一句地教她唱过《社会主义好》。她的姐姐、哥哥们可从未享受过这种父爱。也许正是父亲的这种偏爱鼓起了她的勇气。当父亲下令她裹脚时,她竟然敢笑嘻嘻地反抗说:"爸爸,你也不想想,眼下是什么朝代了,还兴裹脚?!"父亲没有动气,但眼神里却充满了忧愁。其实，曹慧英自己也发愁，连赶集、到亲戚家串门都不敢去了。这么高的个儿，走到哪儿，人们都得多看她两眼。不用说阿庆嫂演不成，将来什么角色也演不成了。当运动员就当运动员吧，兴许还真有点出息。可是，那两位北京客人走了之后，却音信杳无。她给姐姐写过一封信，请她打电话到体院打听打听，又很久没有回音。时间真如流水，一晃就过去半年了。一九七一年的早春，天空纷纷扬扬飘起大雪花来。白雪几乎覆盖了大平原的一切：河流、田野、树木、房屋、道路……唉，即使姐姐真回信来了，邮递员也无法送到村里来呀！

有一天，曹慧英正趴在窗口往外张望，生产队里的那位干部又急匆匆向她走来。离老远，他就嚷开了："小五，北京来电报了！"

曹慧英喜出望外，冲出门去，深一脚浅一脚踩着厚厚的积雪，迎着那位干部跑去。

"给我，电报！"曹慧英向那位干部伸过手去。

大队干部笑道："邮递员送不过来，在电话里念了一下，北京体院叫你带着推荐信，马上去北京！"

曹慧英扑闪着水灵灵的明亮的大眼睛，有些不信地说："真的？"

那位大队干部说："看你高兴的，连我的话也不信了。"

曹慧英一下跳了起来，跌跌撞撞往家跑，未进门就叫道："马上去北京！马上去北京！"

这给闷坐着的全家人带来了意想不到的喜悦。

说实在的，曹慧英的心情很矛盾。当运动员究竟是怎么回事？也像在学校里那样踢踢毽子，跳跳绳吗？陌生的新事业，既使她向往，又使她害怕。而且，还要辞别父母和姐姐们，远走他乡呢。

父亲倒有主意，他果断地说："人就要奔事业。要你去，你就去！"母亲当然是舍不得女儿离开的，不过，她也是个想得开的人。她没有阻拦，只是说："到了外面，父母不在跟前，凡事都要自己照料了。

干什么事,都要往前,不要落在人后。"

大雪挽留曹慧英在故乡多住了三天。第四天,她不顾积雪未化,就艰难上路了。从村子到镇里上汽车,得走十里雪地。为她送行的是她三姐。一路上,姐妹俩有说不完的知心话。千里送行,总有一别,当汽车徐徐在铺着积雪的公路上开动时,三姐还站在车窗下,一边抹着泪,一边叮嘱小妹妹:"小五,你这次出去走的是一条新路,不会一帆风顺的,自己多当心!"

汽车沿着铺雪的道路,向火车站飞驰而去。啊,展现在这位十六岁农村少女面前的,的确是一条令人向往而又艰难的崭新之路!

人往高处走

列车在北京火车站缓缓停了下来。曹慧英随着人流来到车站广场。没有人来接她。姐姐住在宽街,该坐几路车呀?俗话说,路就生在嘴里。曹慧英虽然人生地不熟,但她嘴甜,不住地打听,终于找到了姐姐家。

姐姐给北京体院的老师打了一个电话。老师马上来了。老师又给她检查了视力,测了听力,随即拿出一张印得很考究的表格,在上面写了"曹慧英"几个字。然后交给了她:"这是入学通知书,明天就可以去报到了!"

老师走了之后,曹慧英端详着这张珍贵的入学通知书发呆,人家都说入学很难,我怎么这么容易呢?她甚至怀疑这是一个梦。

车子驰过圆明园遗迹,来到了我国最高的体育学府——北京体育学院。校园真大,真气派。宿舍却很挤,一间十几平方米的屋子,放着四张双层床。同室的女伴,也刚从各地来。有一个女伴,扑闪着一双特大的眼睛,老打量曹慧英。曹慧英当时还留着两条又粗又长又黑的大辫子。拖着这么长的大辫子怎么当运动员呢?同伴们都叫她剪掉。那位大眼睛的女孩一边微笑着,一边抄起一把明亮的剪子。

曹慧英真舍不得剪掉这两条大辫子,但人家都留短发,剪就剪掉吧!那个拿剪刀的大眼睛姑娘走过来了,咔嚓、咔嚓……曹慧英一瞧镜子,剪得那么短,连小刷子都扎不起来了。她直可惜,真想哭。可那位大眼睛姑娘却乐得直笑。

这位爱笑的大眼睛姑娘就是后来的著名女排运动员杨希。直到她们俩到了国家队,还老提起这次剪辫子的事。杨希总说:"我那一刀是铰得太狠了点,瞧你那个可惜劲儿,我心里直乐……"

这里的生活,对曹慧英来说,一切都是陌生的。天还不亮,就催着出操。虽然已经是春天了,但乍暖还寒,晨风就像小刀似的刮着脸。曹慧英戴上了手套,捂上了口罩。列队时,老师不容商量地说:"记住,出操时不许戴手套,也不许戴口罩。"老师可管得真严,连这也管。没过几天,她在训练中把手给挫了,医生给她包了纱布,疼得她直想哭。可老师还来叫她出操。她感到莫大的委屈。这时,她想起了妈妈临别时对她说的那几句话,人往高处走,干什么事都要干好,不要落在人后。她终于跟着同学们往操场走去。老师看出这位乡村姑娘的心事了,关切地对她说:"当运动员苦吧?每个运动员都要经历这一关的。"

对曹慧英来说,需要她过的关口实在太多了。她被选进体院的这个青训队,全凭着她的先天条件。论技术基础,她可谓是一张白纸。打球、跳高、跑步……什么都不会。一切都得从头学起。分班时,老师说:"你学田径吧!"曹慧英老实憨厚,反正一样都不会,叫学什么就学什么好了。这样,她就跟田径打上交道了,整天跑呀跳呀,一练就是八个月。

有一天,排球队的一位教练发现了这块打排球的好材料,竭力向院领导要她到排球队去。领导找曹慧英说:"小曹,你到女排去吧!"

曹慧英一听,着急了,说:"人家都练了八个月了,我不去。我去了,什么都不会,落人后面,该让人笑话了。"领导却对她说:"你去吧,只要自己努力,一定能跟上去的。"

既然没有商量的余地了,那就去吧。小曹是个痛快的年轻人。

去了不几天,排球队的黑板报上就登出文章表扬她了。她带着一颗燃烧的心到了排球队,玩命地练。只用了一天时间,她就把滚翻救球学会了。又用了三天时间,学会了一般人需要学三个月的排球三大技术(发球、传球、垫球)。花了一个星期的时间,把扣球、拦网的技术要领也掌握了。虽然她比别人晚打八个月排球,但她练了八个月的田径,身体基础打得比别人好。别人上身体训练课时,她仍然练排球技术。别的队员下课了,她还赖在球场不走,一个人挥臂扣球。男排队员刘晓红看见这个练球不要命的女孩子,很赞赏,就帮她订了一个业余训练计划。每次下课后,他就留下来帮她练球。他站在场子的一边,给她扔球,她不停地跳起扣杀,往往一扔就是好几筐。曹慧英扣球时出手快,就是这个时候练就的本领。她没日没夜地往前追赶,入队不到五个月,就成了打副攻的主力队员了。

她妈妈不放心,在一个冬天赶来北京看望过女儿。按理说,妈妈最好是不到现场看训练,练得那么苦,慈祥的心哪里承受得住呀!可曹慧英的妈妈偏要去看,别人也不太好阻拦。去训练场时,曹慧英还披着棉大衣,到场后,大衣脱去了,练着练着,身上的衣服一件件都脱掉了,最后只穿一件运动衫和一条短裤,就这样,汗水还像雨水似的往下淌呢!在场上,她又摔,又滚,汗水和着泥水……老人有生以来也没有见过这种场景呀!她没有看完就离去了,等女儿回到宿舍时,她小声地问:"这么苦,受得了吗?"曹慧英却笑着回答:"妈,人不吃苦,怎么往高处走啊!"可母亲还是叮嘱女儿:"以后摔得轻一点,别摔坏了身子。"女儿笑道:"妈,叫你别瞧别瞧,你非瞧!瞧了又这么不放心……"果然,从此以后,这位母亲就再也不敢到训练场看女儿打球了。

放暑假时,曹慧英回到了她久别的故乡。曹慧英的母亲和姐姐们都想,这一个月的假期什么活也不让她干,让她在家好好歇着。谁知,曹慧英到家凳子还未坐热,就说:"住几天我就走!"她三姐一听就哭了:"小五,你怎么一到家就说走呢?"母亲虽然没有掉泪,但看得出来,她是想留女儿多住些日子的。曹慧英对家里人说:"我比人家少练了八个月,我得赶上去。"她只住了九天,第十天就又辞别亲人,回北京去了。同屋的同学们都没有回来,她一个人每天起早贪黑玩命地练,练,练。汗水是不会白流的。她很快就撵上和超过了同伴们,成了全国引人注目的排坛新秀。

做梦也没想到,从青训队毕业时,她被中国人民解放军"八一"体工大队看中了。一九七三年夏天,又一条崭新的路伸展在这位十九岁的女青年面前。

红星在头顶闪亮

她跟她的同窗好友杨希、陈招娣等一起,到红山口"八一"体工大队报到。

一走进大门,看到的净是身穿军装的青年人。他们头顶的军帽上都有一颗鲜红鲜红的五角星,在阳光映照下,一闪一闪,发出迷人的亮光。

在孩提时代,这闪亮的红五角星,就强烈地吸引着她。想不到这幸运突然间就降临了。可是,部队没有她们这般大高个姑娘合身的军衣,得定做。曹慧英等不得了,礼拜天,她向人借来一套军服穿上,又戴上了军帽,请同伴给她照了张像,然后急急忙忙将这张穿军衣的照片寄给了妈妈。

战士自有战士的要求。她练得比过去更加刻苦了。在部队的球场上磨炼了两年,一九七五年,她们作为中国青年女子排球队参加了亚洲青年女子排球锦标赛。她有生以来第一次乘坐飞机,机翼下是祖国壮丽的山河,浩瀚的海洋……飞机把这群年轻姑娘送到了澳大利亚。

锦标赛的争夺是紧张激烈的。曹慧英当时是队里的主力,打三号位,在国内以榔头重著称。她上场时,给人一种锐不可当的感觉。她说:"我在场上时,心里想,我们就是比你们强。"祖国的荣誉感,好胜心,在这位青年女子心中激荡。狠狠地扣!重重地打!可惜她的进攻老是受阻。比赛结果,日本队第一,南朝鲜夺得了第二,我们中国队只落个第三。国内排球界人士认为,对一支初出茅庐的球队来说,能取得这个战绩就说得过去了。但曹慧英心里难受极了。这位爱说爱唱的姑娘,变得沉默寡言起来。她看到了自己与世界强手的差距,场上打得那么死,总也变化不过来,要是在家里多练几手该多好呀!

初进部队时的那种喜悦消失了。替代这种喜悦的是一种强烈的责任感。她请求教练韩云波更加严格地要求她,锤炼她。她要使自己变得更加强大,更加具有威胁力……

"铁姑娘"的来历

一九七六年冬训时,在水仙花的故乡——福建漳州,袁伟民看中了她。这年的"六一"国际儿童节,她和招娣、杨希等十二位姑娘,站立在北京体育馆的训练场地上。新上任的国家队教练袁伟民,身穿一套鲜红的运动服,正在给她们上第一堂训练课。

年轻的教练,年轻的队员,一支朝气蓬勃的年轻队伍。这是她永生难忘的一场比赛。地点——青岛的一个篮球场。对手——陕西女排。观众人山人海。曹慧英跳起扣杀,却把球开到老远老远的界外。观众发出了笑声。她看见,连袁伟民都忍不住笑了起来。可她不在乎,仍然大声呼喊:"给我!"结果,又开了一炮。她还叫:"给我!"

接连打了三个界外球。陈招娣挺幽默地对她说:"真有你的,连开三个高射炮,你都脸不变色心不跳呀!"结果,这场球国家队输了。散场时,观众们议论纷纷:"连省队都打不过,还代表国家呢!"这下,曹慧英的脸通红通红,心儿也狂跳起来了。她感到了巨大的压力。

但她和她的队友们把这种来自观众的压力,变成了奋发向上的动力。这年冬训,袁伟民向她们提出了奋斗目标:"三年打败南朝鲜,五年打败日本。"为了实现这个目标,她们开始了严格的近乎残酷的大运动量训练。曹慧英是球队的队长,年轻,身体素质又好,练起来简直是不要命一样。一天不知流多少汗,光运动衣裤就得换洗三次。有时,袁伟民带她们到海边的沙子地上练习滚翻,两边胯部磨出了血,沙子嵌进肉里。医生一颗一颗用钳子往外夹,一边夹一边掉泪。这时的曹慧英,似乎已变成一个铁打的人,在苦和累面前没有掉过一次泪水,吃饭时,她跟教练坐一桌。眼看菜不多了,教练存心不吃,给她们留着。这时,她心里感动得不得了。她知道,教练并不比队员轻松,中午她们休息了,教练不休息,还得带伤病号去补课……

在队里,数曹慧英年岁最大,小队员叫她曹大姐,其他姑娘称她"老大"。在这次艰苦的冬训中,她又多了一个绰号"铁姑娘"。这个绰号有强大的生命力。一叫开,就收不回去了,一直到她离队,队友们还这么叫她。

一九七七年深秋,曹慧英随球队来到日本大阪,参加第二届世界杯女子排球赛。她初露头角,就成了轰动日本和世界排坛的风云人物。

与南朝鲜队打比赛时,双方比分咬得很紧。打到第二局下半局,曹慧英发球,对方垫起球之后,轻轻一抹,一个出其不意的险球飞向中国队的空档。曹慧英眼尖,飞身过去,将球救起,自己却摔了出去。她想站起来,但大腿肌肉拉伤了,一时爬不起来。裁判急忙吹哨,叫曹慧英退下场去。但曹慧英偏不下。她忍着钻心的疼痛慢慢地站立起来,一直坚持打到终局。虽然每局都以二分之差失利了,但曹慧英的顽强性格,给日本观众留下了深刻印象。当她带领众姑娘退场时,观众们为这位失利球队的队长鼓起了暴风雨般的掌声。

刚走出几步,曹慧英就再也抬不起腿了。第二天中国队要迎战强队古巴。记者们把中国教练包围起来,纷纷打听:"曹慧英明天还能出场吗?"袁伟民只回答说:"我很希望她打,但我还不知道她的伤势究竟怎么样。"回到旅馆,袁伟民来到曹慧英的房间,曹慧英望着他焦虑的眼神干脆地回答了一个字:"行!"第二天做准备动作时,这位队长已经不能像往常那样一边呼喊着"加油!加油!"的口号,一边带领大家跑步了。她把带队的任务交给了孙晋芳,自己找个角落,慢慢地在拉腿。真疼呀,每拉一下,都疼得她倒吸一口冷气。但她不顾一切地硬把腿拉开。当比赛的哨声吹响时,这位"铁姑娘"队长,又奇迹般地出现在球场上了。不仅记者们惊讶地议论着,就连古巴队的队员们都吃惊地交换着眼色。她依然跳得那么高,扣杀得那么猛烈,跳动得那么灵巧,扑救得那么顽强。在全队的拼搏下,世界强队古巴,终于以二比三败在中国姑娘的手下。

在大阪府立体育馆发奖时,这位中国女排的队长,一个人就抱回三座金光耀眼、造型奇特的大奖杯,她得了拦网奖、敢斗奖、优秀运动员奖。

应该说,这是曹慧英运动生命中的"黄金时代"。她应欢笑,她应该受到祝贺。但说来也奇怪,在领奖时,她却迟迟不肯迈步。刚刚结束的一、二、三名的发奖仪式,给她的刺激太强烈了!中国队第四名,只能站在地板上,当人家一、二、三名站在高高的领奖台上抱奖杯的时候,她和她的队友们,向获胜者挥动手中的黄手绢。眼望着人家的国旗徐徐升起,中华儿女何地自容!曹慧英心里想:"我一个人即使得一百个奖,也不如为祖国人民抱回去一个冠军杯呀!"

发奖仪式时间很短,曹慧英却感到它太长了。回到休息室,她和队友们唱起了"没有眼泪,没有悲伤"的歌。失败,使人痛苦,也可以使人发奋。她决心和她的姐妹们一道卧薪尝胆,摔打磨炼,一定要让我们的五星红旗在国际赛场上高高升起。为了这一天,要她付出任何代价,都心甘情愿。

突然消失的"黄金时代"

真应了"人有旦夕祸福,天有不测风云"这句俗话了。一九七八年三月,日本女排来我国访问,中国女排在首都工人体育馆迎战。日本女排在六十年代,一直称雄于世界排坛,被人们称为"东洋魔女"。中国女排在头年世界杯赛和预赛中,曾胜了日本队。虽然后来在决赛时又以一比三败北,但她们毕竟看到了一个真理:日本队并不是不可战胜的。只要努力,将来就可以打败世界上所有的对手。这次访问比赛,是中日两队的一次新交锋,谁都希望自己能赢对方。当时,曹慧英脚伤未痊愈,但她戴着两个护膝出场了。观众一见这位名将出场,立即报以热烈的掌声。年轻人一听到掌声,劲头就上来了。她忘却了身上的伤疼,顽强拼搏。第一局未打完,蓦地,她听到腿部响了一声,紧接着是一阵钻心的疼痛。她又跳动了几下,疼得受不住了,向袁伟民请求:"换人吧!"袁伟民知道,轻伤,曹慧英是不会下火线的。她自己请求下场,伤情肯定够呛。山东姑娘韩晓华上场替她下来。到了休息室,大夫把曹慧英腿上的绑带解开,立即露出一大块血肿。再一摸,腿上有一条很深很大的裂缝。大夫把她的腿搬到凳子上,然后突然把凳子抽掉。她的腿随即掉落了下来,膝盖上只有一层皮连着了。曹慧英望着这只抬不起来的腿,伤心地哭了起来。她一边哭,一边撕下了贴在胸前的队长标志,请人交给袁指导,她再也上不了场了。比赛结束时,她已经站立不起来,不得不靠教练把她背上汽车。

到体育科研所一检查,结论是膑骨断裂。起先大夫还瞒着她,但她听到队友们在门外悄声议论了。她抓住大夫的手问道："真的断了吗？"大夫沉重地点了点头。她再也控制不住，放声痛哭起来。她是多么悔恨啊！运动生命的"黄金时代"刚刚来临，就这么突然消失了！腿呀腿，你实在断得太早了！她躺在担架上，被队友们抬回了宿舍。

第二天一早，队伍乘火车去太原打比赛，五楼宿舍里只留下了她一个女排队员了。同屋的江苏队员张德云和陕西队员王爱香，临走时，给她抱来一大沓小人书，关切地对她说："我们过几天就回来，你安心养伤吧！"她本想强装笑容送队友们走的，但笑不出来，她有的只是愁闷和泪水。每当回忆起此时此景，她就说："我们就像一群南飞的大雁。雁群飞走了，我变成了一只孤雁。我感到一个人离开集体的孤独和苦闷。"队伍刚走，正在北京的妈妈闻讯赶来看望女儿。上五层楼，老人一歇未歇。见了面，她就问女儿："伤得怎么样？"曹慧英哭着说："断了，真的，膑骨断了……"妈妈满面愁容地惊叹："那不成了瘸子了吗？"曹慧英强压着内心的悲痛，安慰妈妈说："妈妈，那不至于。不过，我可能这辈子打不了球了。"一想到自己的运动生命就这么断送了，她又禁不住伤心地哭泣起来。

第五天，她住进了北医三院做手术。这年八月，在莫斯科举行世界女子排球锦标赛，队里报了曹慧英的名。动完手术，只有五个月的时间，她能出征吗？曹慧英心里火急火燎的。她一个劲盯着大夫问："我什么时候能出院？"大约一个月之后，大夫脸上露出笑容。他对曹慧英说："养得好，你出院后还能打球！"大夫这句简短的话，等于宣布她的运动生命的新生。虽然腿上还打着石膏，膝关节里固定着钢丝，手里还拄着拐杖，但她常常瞒着大夫，偷偷躲到医院不引人注目的地方开始锻炼身体了。每当队友们去看她，她都高兴地告诉她们："我快出院了！我快回队里打球了！"袁伟民教练一直惦记着她。队伍要去日本访问，为了解除她的孤独，给她报了名，准备接她出院随队出访。曹慧英心里不知道有多高兴。可是屋漏偏逢连夜雨,在袁伟民要接她出院的头一天晚上,曹慧英突然开始发烧,而且一烧体温就达到三十九度八,一连十多天不退烧。后来检查出来了,是肺结核病发作。不但日本未去成,而且她又不得不转到通县,住进北京肺结核病防治所。那个时候,她还真天真,心想,住个三五天也许就可以出院了。有一次,她问大夫:"我住几天出院?"大夫说:"先住一两个月吧!"她一听,闷了半天说不出话来。她又伤心地哭开了。这么住下去,世界锦标赛恐怕也赶不上了。其实,她的身子虚弱得连站都站不住,一站起来就发晕,有几次还虚脱了过去。同房的病友,有的过去看过她打球,印象里她是身强力壮的,想不到她竟然会虚弱到如此地步。大夫对她说:"八月的比赛,你就死了这条心吧!"

有什么办法呢!她只得耐下性子养病。当时,她最担心的是出院后能不能重返球场。对一个排球运动员来说,球就是她的生命呀!八月,当世界锦标赛拉开战幕时,她真的还躺在医院的洁白的病床上。广播,她是天天听的。有一天,听着听着,她突然号啕大哭起来,日本小姑娘送给她的一条花手绢,被咬撕成三四条。病友们看到她的这副悲痛神情,担忧地问:"小曹,你怎么啦?"她哭得像泪人儿似的说:"输了,我们女排在苏联输了!"

作为球队的队长,眼看自己的球队在莫斯科名落孙山,却无能为力,有多痛苦呀!

"大夫,我要出院,我要练球!"她再也忍受不了住院养病的寂静生活了。

出人意料,大夫竟然笑着告诉她:"别急,小曹!你再养上一段时间,就可以出院了。"

她的运动生命,又一次得到了拯救。

她请来看望她的队友捎来球鞋。当大夫不在的时候,她悄悄地穿上球鞋,到院子里练习走路。多日不见的球鞋呀,穿起来多么柔软舒适！不过，她只走了一千米，就汗湿衣衫，气喘吁吁了。好心的病友把她告发了。她们对查房的大夫说："小曹老偷偷到院子里锻炼！"大夫向她发出警告。她不敢随便下楼了，但没有停止锻炼。一有空，她就练静蹲，双膝微微弯曲，上身挺直，一蹲就是五分钟、十分钟。到了深秋，院子里的绿叶变黄、变红的时候，她开始练习倒立，开始在铺着落叶的小径上慢跑。

她一次次捎信给队里，恳求袁指导接她出院。她度日如年地等待着队友们来接她。十一月的一个阳光灿烂的日子里，来接她出院的小轿车的喇叭终于在医院门口鸣叫了……

究竟图什么

曹慧英这年二十四岁，是一名年轻的共产党员，又是很有声望的全国人大代表。在当时，"见好就收"，是一种颇为时髦的思想。像曹慧英这样的著名运动员，名誉地位，应有的都有了，身体又有伤病，正好是从"火线"上撤退的好时机。而且，在养病期间，她结识了一位年轻英俊的男朋友。什么都有了，她还图什么？可曹慧英却不想离开队伍，她苦苦地求袁伟民收下她这个"老兵"。

当然，中国女排是需要自己的队长的。不过，重新归队之后，她练习起来已经跟往日不同。过去可以负重蹲杠铃一百三十公斤，如今蹲二十公斤就吃不消。出早操时，别的队员跑五圈，袁指导却限制她只能跑一圈。可是，她一到球场，就控制不住自己，跟着别的队员一道，一个劲地练。每当这个时候，袁伟民就过来制止她："差不多了！别练了！"

从心眼里，她非常感谢这位严厉而又亲切的指导。从医院出来后，也有的医生认为，她不能归队了，她的肺病如因劳累复发，那后果是不堪设想的。有人甚至劝袁伟民："不要用她了，万一练坏了，可不得了。"袁伟民却默默地担起了这个风险。

在曹慧英自己、袁伟民和医生的配合下,她终于闯过了这道险关。不过,她毕竟已经不是过去的"铁姑娘"了,每一个训练日,都是在极其艰难的困境中度过的。在湖南郴州冬训时,当地老乡看她练完球下来那副模样,很同情地对她说:"唉呀,曹慧英,你真像祥林嫂呀!"曹慧英一听,慌忙对这些老乡说:"同志,你们不能这么说,祥林嫂是旧社会逼的,我呀,是自己愿意这么练的。"她只说到这里,更多的心里话没有说出来。到一九八一年春天,她已经二十七岁了,眼看世界杯比赛就要在日本举行。她是憋着一股劲,想亲手去夺取那个金光耀眼的世界冠军的奖杯的。把最美好青春年华献给了排球运动,付出了这么多汗水和心血,连个世界冠军的影子都见不着,那实在太冤了!每天,她都拖着疲倦的身躯在熬。她要熬到中国人登上世界冠军领奖台的那一天。

当然,她知道自己"老"了,体力也不济了,主力得靠孙晋芳、郎平、周晓兰、陈招娣、杨希、陈亚琼众姐妹去顶了。但她也将竭尽自己的能量,为这个胜利出最后一把力。她不知多少次坦诚真挚地对队友们说:"我给你们当替补,谁累了,我就上去顶,哪怕顶几个球,半局也好呀!"在私下,她又找袁伟民表了这么个态:"指导,我当替补,可要派我大用场呀!"

袁伟民很理解她,说:"全场不用你上了,关键时刻派你上去顶一顶就行了。"

"王牌"替补

她终于等到为国出力的这一天了。一九八一年深秋,第三届世界杯赛在大阪拉开战幕。

一到大阪,曹慧英就想起了四年前挥动黄手绢的那一幕幕令人难堪的情景。"没有眼泪,没有悲伤"的歌声,已经在她的心头回响了四个春秋。这次,她和她的队友们将唱着一支什么样的歌回国呢?

头一场硬仗,就碰上了苏联女排。从两队过去交锋的记录来看,中国队还没有赢过苏联队一次。年轻的中国队在实力上虽然已经可以打赢苏联队,但心里仍然有一道怕输的阴影。这次,临出征前,曹慧英和队友们聚集到南京五台山体育馆,又进行了针对性的训练。她们站到墙根前,教练站在离她们只有三四米远的高凳上。教练吼叫着,狠狠地将球扣杀到队员身上。球,以闪电般的速度飞袭过来,又像重磅炸弹似的在队员身上炸开。曹慧英真是尝够了这种球的苦味。退,后面是高墙;往前,球的来势那么猛烈,就是躲闪,也往往来不及。球一打到身上、腿上,立即青紫一片。队员们把这青紫一片戏称为"开花"。曹慧英知道,这是针对苏联队大力扣杀而采取的应急训练措施。她从不躲闪,沉重而快速的大圆球一次次打在她的身上。她的身上,究竟开放过多少朵这种青紫色的花儿,连她自己也记不清了。

与苏联队的比赛一打响,昔日的训练见成效了。第一局,我们就轻松地把苏联击败了。运动场上的心理学,真值得写一部书。明明轻松赢了对方,场上的中国姑娘们心里的那道怕输的阴影却开始作怪了。她们想,是不是苏联队还没有发挥出水平?这么一想,第二局打得就拘谨起来。相反,苏联队丢掉了包袱,放开手脚打了。中国队以零比五、零比六落后。曹慧英脱去了外套,在场边做着准备活动。她一边活动,一边用眼睛紧紧地盯着坐在场边指挥这场战斗的袁伟民。

零比七,零比八……

曹慧英心里急得不行了,她简直像一匹急于上战场的烈马,在场外奔跑着。她真想跑到袁伟民跟前,对他说:"指导,换我上场吧!"

袁伟民仍然安安稳稳地坐在那儿。从表面看,他并不着急。其实,他心里早就在琢磨:"技术上不存在问题,是那道阴影在作怪。需要上去一个人,把苏联队的气焰给压下去。"当然,最合适的人选是老队长曹慧英。一九七八年在莫斯科以零比三输给苏联时,她正躺在医院的病床上,她心里没有那道讨厌的阴影。

零比九……

袁伟民站起来,向裁判示意换人。

袁伟民刚回头,他的目光就与曹慧英急切求战的目光相遇。

曹慧英急忙奔跑过去。

袁伟民用平静的口吻向她交代任务:"你上去,把大家的情绪给带起来,把苏联的气焰给压下去。"

她上场了。她向大家击掌,大家也向她击掌。中国姑娘重振队威,一分分往上撑,撑得苏联队焦虑不安起来了。每得一分,曹慧英都与队友击掌相庆,都发出自信的喜悦的欢呼。中国姑娘的士气,终于把苏联队的气焰压了下去。经过激烈的相持、争夺,最后,中国队反败为胜,赢下了第二局。第三局,苏联队以零比十五败北。对像苏联这样一支强队来说,一分不得就告失败,确实是罕见的。

中国队有史以来,第一次赢了苏联女排,而且比分是三比零。当然,这个胜利是全队上下努力的结果,但在危急关头,曹慧英确实给场上带去了一股神奇的精神力量。这个功绩,将永远铭记在人们的心里。外国记者们大肆宣扬了这场球,大字标题称赞曹慧英是中国教练手里的一个"王牌"替补。

以后的几场重要比赛,她都上场了。与美国队一战的第五局,她上去拼搏了,与日本队争夺世界冠军时,在战斗白热化的第五局,她又上去拼搏了。应该说,她付出的体力已经超过她的负荷。比赛间隙,曹慧英喝水时,队友周鹿敏看见曹慧英端水杯的手颤抖得很厉害。小周关切地问她:"老大,你怎么啦?"曹慧英告诉她:"我的力气都使完了。"可是,关键的战斗一打响,她又跟队友们上场拼搏。当最后一个球落地,中国队以三比二击败日本女排时,周鹿敏第一个冲上去,紧紧拥抱曹慧英,流着欢乐、感动的泪水说:"老大,你说力气使完了,可你还打得这么好……"

曹慧英忘记了疲劳,忘记了伤情,与队友们拥抱呀、欢笑呀、痛哭呀。她终于盼到了这一天,不,熬到了这一天。她怎能不激动呢!她仰望着在大阪府立体育馆空中徐徐升起的五星红旗,耳听着旋律庄严的国歌,她控制不住自己,泪水像溪流似的往外流淌。她想到,以往付出的一切一切的代价,都是值得的,因为她所付出的这一切换来了祖国人民的荣誉。

胜利之夜,是一个不眠之夜。她想起了出征前一位领导向她许的愿:"小曹,这次如果拿下了世界冠军,你就可以离队结婚了。如果拿不回来,你还得打球。"如今,奖杯捧回来了,她可以"解甲"了。她已相识多年的那位男朋友,仿佛就站在她的眼前,微笑着望着她。她心里默默地对他说:"劳你久等了,回国之后咱们就完婚。"想到这里,她偷偷地笑了。同屋的队友朱玲问她笑什么,她掩饰说:"晓兰不是最喜欢我这双爆发力很强的腿吗?我说过,等我退伍时,把这双腿送给她。"一边说,一边扔掉渗透了汗水的白色长袜,感慨万千地说:"永别了!"刚说完,自己又将袜子捡起来,走到盥洗间,打开水龙头,洗净这双袜子。她心想:"我穿着它拿冠军的,得留个纪念。"一想到自己将退出球场,又哭了,哭得声音很响。在屋里的朱玲听见了,问:"老大,你怎么啦?"她停住了哭,但没有回答。几句话哪里回答得清楚呀!

在第二天夜晚我国驻日使馆举行的庆功宴会上,她端着一杯散发着清香的红葡萄酒,走到袁伟民跟前说:"袁指导,谢谢你了!"说完,自己一饮而尽。在她,这既是一杯谢师酒,又是一杯离别酒。

"老大不能走"

从首都机场回到国家集训队的驻地,已经夜深沉。但她的姐姐和男朋友殷勤还在房间里等着她。他们代表亲人们向她表示热烈的祝贺。

曹慧英急切地告诉殷勤："我跟球鞋、球袜永别了！"

殷勤一听这话，心里自然是高兴的。他告诉她："你们打赢日本队时，我一下子跳了起来，与妈妈拥抱了。我为中国队的胜利高兴，为你高兴。"当然，他如此高兴，还有一个秘而不宣的原因。他知道，领导许过愿，拿了冠军，曹慧英就引退了。如今小曹又亲口对他这么说，心里的石头就放下了。一年来，小伙子利用业余时间，把一套精心设计的家具都打好了。一遍遍用砂纸打磨，磨得光滑洁净，就等油漆了。不过，小伙子是个很有头脑的人，他还有点不放心地问："队里能放你吗？"

曹慧英那么自信，说："能！肯定能放！"

说实话，就是不结婚，她也不想打球了。如今只要见到圆圆的排球，见到宽大的运动场，她就感到害怕。到医院一检查，又发现肺出现了毛病。医生叮嘱她全休。她歇下来了，但她的心也突然空了下来。这时，她才意识到，自己是那么留恋那只大圆球，那么留恋那些患难与共的姐妹，那么留恋球队的集体……她休息了四个来月之后，袁伟民找她来了，对她说："还有半年，我们又要去秘鲁打世界锦标赛了，你有什么想法？"很显然，教练还想起用她这个"王牌"替补。球队的姐妹们也在呼喊她："老大，你不能走！"

老队长动心了。但她的男朋友殷勤却闷闷不乐起来。他嘀咕道："你自己说得好好的，打完世界杯就下来，就结婚。我一切都准备停当了，消息也透出去了，可你又要归队，又要去打球。"

曹慧英笑道："教练希望我再顶半年，队友们希望我再跟她们共一次患难，我能推却吗？再说，我的运动生命已到了尾声，让我再为祖国荣誉去拼搏一次吧，以后再想拼搏、再想出力，也没有机会了。"她说得那么实在，又那么动情。

她终于用她真挚之情把他说动了。最后他只是不放心地说了一句:"我担心你的身体顶不下来!"

的确,这次归队,与一九七八年那次归队又不同了。尽管,袁伟民完全让她自己掌握,能练多少就练多少,但她还是身子发虚。有时站着发几个球,就一身虚汗。她得每天吃中药,殷勤下了班,就骑车把熬好的药送来。出征秘鲁前,球队到沈阳训练。她就从北京带了成药吃。每次吃饭前,她都得吞服一把西药,一杯中药。队友们半开玩笑地说:"老大,你光吃药就吃饱了。"曹慧英回忆起当时的情景,不禁感叹说:"我吃药,不是数粒,而是论把,论斤呀!"

有几次,她心情沉重地对周晓兰说:"晓兰,我可能坚持不到出赛那天了。"

周晓兰安慰她:"再坚持一下,你能坚持到那一天的。"

她们扳着指头数,还有一个月了,还有半个月了,还有三天了……

俗话说:"夺取冠军不易,保持冠军更难。"在秘鲁,曹慧英和她的队友们,经受了一场惊心动魄的考验,终于又捧回了一只世界冠军杯。

领完奖,坐在驶往下榻旅馆的汽车上,曹慧英望望周围的队友,动情地哭了。周晓兰看见老大哭了,也抹起眼泪来。陈亚琼、陈招娣,也过来一道哭。谁也没有说话,但她们心里都明白,她们为什么这么控制不住感情。到了盥洗室,她们一边洗去泪痕,一边又流出了新的泪水。到后来,她们也不洗了,干脆让泪水尽情地流淌。袁伟民看了这样的情景,不安地问:"你们这是怎么啦?"曹慧英终于忍不住,告诉了他:"指导,回去我们就真的要走了。"袁伟民没有像往常那样跟她们逗乐,默默地走开了。他走出老远了,又回头说了一句:"好啦,都不走了!"但他这句打趣的话,并没有把姑娘们逗乐,相反,引出了更多依依惜别的泪水。

曹慧英和她的队友们,没有到真正离别的时候,依依惜别的泪水就已不知流了多少!

有情人终成眷属

刚回北京,未洗去世界锦标赛的征尘,曹慧英和她的队友们,又乘坐巨型747客机,飞往印度,在新德里参加了第九届亚洲运动会,为我国在亚运会上金牌总数超过日本而贡献了最后一份力量。

一九八三年初,曹慧英和她的队友杨希、孙晋芳、陈招娣、陈亚琼一起,终于引退了。送别会是在一间大会议室里开的。大家默默地坐着,没有人说话。袁伟民说:"过些天,我站在队伍面前,再也看不见你们这几张熟悉的面孔了……"话未说完,哭声蓦地响起来了,曹慧英把脸深深地埋进队友的怀里,唏唏嘘嘘地哭泣着。队友又将脸埋在曹慧英胸前哭泣着。屋里哭成了一团。曹慧英真有一肚子离情别绪想说,但此刻她一句话也说不出来。她的队友们也一样,光哭泣不说话。送别会就在这一片唏唏嘘嘘的哭泣声中结束了。会后,袁指导代表球队送给这位屡建功勋的老队长一只洁白的排球。球上用黑油笔写着几行粗大的字,字字句句都饱含着战友们的深情。

她捧着这只有历史意义的大圆球,回到了家——刚刚布置就绪的新房。深棕色的组合柜,红色的油漆地板,造型新颖的深色沙发……她与殷勤已经领来结婚证,第二天就要启程旅行结婚。

殷勤把这只洁白的圆球,陈列在组合柜里。这个组合柜,是殷勤自己精心设计、精心制作的,专门有一格是陈列曹慧英的奖杯、奖章和留作纪念的排球的。他对曹慧英说:"这不是为了炫耀你的荣誉,不是的。这些奖品,都是你用汗水、心血、青春换来的,紧紧地联系着你的生命。看到它们,你就会想起过去的一切,想起你的事业,想起你这些年来所走过的道路……"

曹慧英很感激丈夫的良苦用心。他是一位多么实在,多么能体贴人的亲人呀!

她第一次与他相识,是一九七八年秋天。那时,她刚刚从医院疗养出来。在肺结核病防治所里,女护士长曾经关切地问过她:"小曹,你有朋友了吗?"她直摇头。这位身高一米八〇的二十四岁姑娘,连想还没有往爱情上想过呢!女护士长笑笑,说:"暂时没有,也好。你的身体,经不起强烈的刺激。"曹慧英明白女护士长说这话的意思。在她的女病友中,就有几个因为得了此种疾病,男朋友跟她们吹了。可是她的姐姐不是这么想的。她想,领导上,队里、亲属都很关心妹妹,可妹妹还是缺乏一种别人代替不了的男朋友的爱的温暖。曹慧英刚出院,她就为妹妹领来了一个身高一米九十几的青年工人。

姐姐把妹妹和客人支到阜成门立体交叉桥,让他们去自由交谈。

曹慧英心里想:"殷勤,怎么叫这么个名字呢,真逗。"虽然她是个性格活泼开朗的姑娘,但此刻却有点羞怯地伫立着,等待对方先开口。

殷勤总算开口了:"你就是国家女排的那个曹慧英吗?"

曹慧英心里直想笑,难道你还不知道我是谁吗?这不是明明没话找话说吗?但她还是冲他点了点头。

"那你怎么不去苏联打比赛呀?"殷勤又问。

曹慧英没有马上回答。她打量了一下站在身边的殷勤。他穿着朴素,头上戴一顶棕色的帽子,帽檐压得很低,挡住了一半眼睛。他被曹慧英看得有点不好意思起来,头更低了。

曹慧英心想,这是一个老实人,我不能瞒着他,什么都得告诉他。她一古脑儿地往下说:"我的腿断过,刚做完手术,膝关节还固定着钢丝。我的肺也有病,刚从医院出来……"

殷勤被姑娘惊人的坦率感动了。他说:"你的病,好治的,心情要愉快一些。往后有什么事需要我帮忙,尽管说。"

此后,殷勤老派他妹妹去看望曹慧英。被子脏了,衣服脏了,他都叫妹妹给拿去拆洗。他们来往渐渐多起来了。在一次闲聊中,他告诉她,他小时候很爱学习,学习成绩也不错,可"文化大革命"把文化课给耽误了,说着说着,他难过得掉下了眼泪。曹慧英猜到了他心里想的是什么,安慰他说:"行行出状元。只要热爱自己的工作,好好干,就对国家有贡献,就有出息。"殷勤听了这番话,心里很感动,她虽然名噪中外,但没有一点名人的架子。他喜欢她的这种性格。

不过,也有人劝过曹慧英,说像她那样的模样、名气,什么样的人找不着。那意思是,她应该不失时机地找一个门第高一些的人家。曹慧英有自己的爱情观。她认为,情人之间,不能讲金钱地位,而应讲情投意合。她不为旁人的议论所动,执着地追求着真正的爱。

那是从日本世界杯赛回来后的一天,医生告诉她,她的肺又出了毛病。回到宿舍,她拿起电话:"殷勤,我有件要紧的事,晚上跟你说。"

夜幕降临时,曹慧英和殷勤相见了。她心情沉重然而又很果决地对殷勤说:"我担心我的身体会拖累你……我看咱们的事就算了,你另选一个吧!"

没想到,殷勤不但不感激她,反而火冒三丈,气呼呼地说:"你以为,你说出这种话就有多高尚吗?"一气之下,他不辞而别了。

她后悔伤了他的心。自从认识他以后,他苦苦地等待她,日夜为她操心,而她却往往忙得、累得顾不上他。她记得,一九八一年初春,她在湖南的一个小城——郴州集训,他出差路过,给她捎了点东西来。可队里有规定,集训期间谢绝会客,尤其是谢绝男朋友的来访。她给他去过信,告诉队里的规定,可他还是来电报,说要在郴州下车给她送一点东西。她拿着电报,胆战心惊地找袁伟民:"我叫他别来别来,可还是来了……"袁伟民谅解这位二十七岁的老队长,欣然说:"你去接他一下吧!"在车站,他将带来的东西交给她,怀着歉意说:"我不愿下车,妈非要我送来。东西给你,我不进去了,在街上转悠转悠,下午就走。"后来,他虽然到队里去了,却在场上帮着捡了整整半天球。

相见难,殷勤就寻找寄托感情的办法。夜里,他拿着绣花针,一针一线绣了一个枕头。有一次,他悄声对她说:"慧英,送你一个绣花枕头。"她笑问:"谁绣的?"小伙子说:"我!"她格格地朗声笑了起来。她说:"真逗,男孩子还会绣花。"弄得殷勤的脸红了好半天……

第二天,殷勤自己找上门来了。他没有提头天晚上的事,只是给她送些吃的东西,安慰她说:"多注意身体。"

她和他,是一对真正的有情人!

有情人终成眷属!新房里,不知谁给挂上了一条横幅,上面写着三个字:"长相知"。字是用墨写在洁白的宣纸上的,墨色很浓很浓。曹慧英最喜欢这件礼品。她觉得,这位送礼人真是太了解自己了。

客人散尽,新房里一片静谧,新郎新娘沉浸在幸福中。

他们结婚一年来,始终相亲相爱,相互关心,相互帮助,和和睦睦。曹慧英感到自己生活得幸福,她常常感触万千地对来访记者说:"看来,在爱情上,我也走对了路。"

每当曹慧英回想起自己走过的路,总是说:"在这条路上洒满了党的阳光和雨露。我的幸福是植根于社会主义土壤中的。"

她那令人羡慕和赞叹的轰轰烈烈的运动生涯虽然已经结束,但人生之路继续在她眼前伸展着。不久前,她被任命为"八一"体工大队科研处的副处长。她还想在一个写女排的电视连续剧中饰演一个角色……她又开始举足迈步了。但愿她在白发苍苍的垂暮之年,回顾起自己走过的路时,仍然能像今天回顾运动生涯之路一样,感到充实,感到自豪,感到欣慰。

一九八四年初于北京

投她一票吧

她生性倔强,不爱掉泪。可此刻,在美国洛杉矶长滩体育馆里,她却哭得如此厉害。她一只手搭扶着她的队友郎平,一只手不住地抹着眼泪。出声地哭,哭得像个泪人儿似的。

"毛毛,我们赢球了,别哭了!"人们在劝慰她。她不但没有停止哭泣,相反,哭得更凶了。干吗不哭,偏哭!偏哭!她哭得那么动情,那么伤心。

前几天,在分组预赛中,当我国女排以一比三输给美国队后,姑娘们懊丧地掉过泪。那次,张蓉芳倒没有哭。她对队友们说:"现在有什么好哭的,等决赛打败美国队,拿到'三连冠',我才哭,痛痛快快地哭他一场。"

赢了,真赢了!最后一个球,就是她自己高高跳起,使出浑身的气力,又狠又刁地把球扣过去的。打手出界,球飞出老远老远。电子显示牌上跳出了耀人眼目的两个字:"15"。没有错,我们确确实实打满十五分了。梦寐以求的"三连冠",已经实现了!泪水,晶莹的泪水,从她的眼眶里奔流而出,像两道湍急的山溪,顺着脸颊往下流淌,抹不掉,止不住……

此刻的泪水,是什么滋味呢?她品尝出来了,有甜味。多少年的汗没有白流,多少年的苦没有白吃,她可以坦坦然然地向祖国人民交代了。但又不净是甜味,酸甜苦辣,什么滋味都有呀!

这一年多来,她仿佛变了一个人似的,动不动就掉泪。十多年球场生涯中所流的泪水加到一块儿,恐怕也顶不上她在这一年半时间里流的眼泪多。难怪在回首往事时,她总爱感叹:"这一年半,是我当运动员以来最艰难的岁月。难呀,真是太难了。说真的,就连我自己都不知道这段日子是怎么熬过来的……"

自己跟自己打架

再过几天就是一九八三年的元旦了。过完新年,她就要启程回北京,随球队到福建漳州冬训。真是"天有不测风云,人有旦夕祸福",十二月二十五日下午,她突然得了急性胰腺炎,住进了成都市第三人民医院。一住就住了二十多天。起先,她住在四人一间的病房。后来,刘海泉副省长来看望她,把她搬到一人一间的高级病房里去了。

病房里真安静。长年累月在球场上奔跑惯了,初来乍到,她还真有些不适应。但是,有什么办法呢?有十来天,她不能吃喝,靠静脉点滴在维持生命。朝朝暮暮,她只能与床边那个铁架和吊在铁架上那个输液瓶厮守相伴……

寂寞啊,太寂寞了!她思念远在北京的球友们!她思念回响着叫喊声和球声的训练房!她思念那洁白的圆圆的排球……

每当想起这些,她又不免有些伤心。自己已经二十五六岁了,一身病,一身伤,这副模样还能重返球场吗?五位朝夕相处的老队友曹慧英、杨希、陈招娣、孙晋芳、陈亚琼都已经光荣引退了。奋战了六年,拿了两次世界冠军。也算尽到一个运动员应尽的责任了。而且,对她个人来说,一个优秀运动员能得到的一切,工资待遇、名誉地位,她也都得到了。还有什么可求的呢?周围有些朋友也好心地劝她:"见好就收吧!"是啊,此时不退还待何时?万一以后输了球再离队,就可能落个"身败名裂"的下场。

一个张蓉芳在固执地说:"下吧,该下了!"

可是,另一个张蓉芳又在大声地说:"不,我不下!当了一辈子运动员,还没有参加一次奥运会呢!'三连冠'的理想还没有实现,怎么能一走了之呢!不,我不下!我要与全队同志共勉,挑起这副担子。"

张蓉芳自己在跟自己打架,有时这个架打得还真激烈呢!看来,这间寂静的高级病房,一点儿也不平静。

出院以后,她感到轻飘飘的,浑身无力。不要说到球场上奔跑,就连走路都迈不动腿。家里人不放心,想留她在成都家里多养些日子,但她才住了七八天,就心急火燎地回北京了。

她又看见坐落在龙潭湖畔的那座米黄色的六层大楼了。天天见它,倒也不觉得怎么,一个多月不见,就显得分外亲切。她的宿舍在五楼,可她上到二楼,就喘不过气来了。双脚仿佛灌进去了铅水,抬也抬不起来。她扶着木栏杆,硬撑着往上走,一个阶梯、一个阶梯地往上走。在平日里,一天也不知上下多少趟,可今天每上一个阶梯都这么吃力……她真有些伤心,简直伤心得想痛哭一场。

大半个楼都空荡荡的,队友们去漳州冬训还没有回来。往日的叫喊声、歌唱声、盥洗室里的哗哗流水声,都消失了。她感觉到空前的孤单和寂寞。啊,一个人远离自己的集体,这个滋味可真难受呀!

她只能喝一点鸡汤,别的食品暂且还不能吃。但她每天都得煮药。药味,真像这寂寞的生活一样苦味无穷。

顾名思义,运动员就得运动。她一个人慢慢地向北京体育馆走去。那座五十年代中期兴建起来的灰色建筑物,依然那么沉稳结实。可她,一下子就变得如此消瘦,如此单薄,如此憔悴!体重掉了十多斤,明显地瘦下去一大圈。难怪有些熟人见了她,都差点认不出她来了。

啊,镶嵌着酱黄色打蜡地板的球场,多日不见了!一走进球场,她的手就痒痒起来。她抓起一只排球,在地板上拍打了两下。才拍打两下,她就喘气了。发个球过过瘾吧!她感到击球的动作是那么无力，难怪击出去的球儿，也像断了翅膀似的，没有飞过网就掉落下来了。张蓉芳哪能服这口气呀，她又发了一个球。球平飞出去，一头撞到网上……她噘起嘴，无可奈何地摇了摇头。

她拿着一只球，走到网前，将球高高抛起。她想扣一个球试试。球从高空中急速下落，她奋力跳起，挥臂扣杀。谁知，球没有扣着，她倒双腿一软，跌坐在地板上。

她呆呆地在地板上坐了好一阵儿。她望着高高悬挂在头顶上的球网，心急如焚。这样的身体，怎么归队呀！为了归队，她每天都咬牙坚持训练。练完后，浑身疼痛。她没有地方可以诉说苦处，常常写日记倾泻自己的感情。她在一则日记中写道："恢复训练真是太痛苦了！但这个痛苦是无法避免的。十几年的经验，使我深深懂得，痛苦深处就是幸福的乐园。只要坚持一下，痛苦就会过去的。"

旧历年夜，窗外爆竹声声，她却一个人独自坐在那张小巧的书桌前，翻看着队友们的来信。从郎平的来信中，她已感到新的队伍跟老队伍情况大不相同。眼下，郎平是队长，但在"队长"两个字之前，还有"代理"两个字。郎平在来信中说，过些天回到北京，她就可以"交差"了。交差是什么意思呀？向谁交差呀？想到这里，张蓉芳的心不禁跳得有些发慌。看来，得摊到她当队长了。论年龄，她属老大。论球龄，她最长。队长的重任不落到她身上，还会落到谁的身上呢？不行呀，这可不行！她是一个自觉性很强的人，不用别人管，也会严格要求自己。但她不愿管别人，也不善于去管别人。等袁指导回北京，得赶紧跟他说说。这个队长，她不敢当。

逼上梁山之后

张蓉芳是头一次参加"大换血"之后的全队会议。领队、教练、队员，十四五个人，挤在一间十多平方米的屋子里，人挨人，面对面，互相之间倒也看得清清楚楚，熟悉的面孔，陌生的面孔，一支更新之后的队伍！老中青都有，各有各的想法，各有各的打算，各有各的特点。谁知道，这支队伍的思想状况有多复杂！不过，不管有多复杂，有一点，张蓉芳已经拿定主意：当好一个老队员！

袁伟民正在讲话。他以不容改变的语气，向全队宣布了一项任命："队长由张蓉芳担任！"

来不及诉说，历史的重任已落到这位病后刚刚归队的四川姑娘肩上了。张蓉芳倒是一个爽快的人，既然该摊到自己当队长了，推也无益，当就当吧！这个好强的姑娘，既然当了队长，她就要当出个样子来。

谁知，她上任不久，中国女排在亚洲锦标赛中，就以零比三输给了日本女排。四年前，是她和队友们亲手从日本队手里夺来奖杯，四年后的今天，她又是亲手把杯子送还给日本队！她难过得失声痛哭。袁伟民一再叮嘱她，别哭，别哭，要笑着去领奖，但她忍受不住，站在领奖台上，仍然泪流不止，她看见日本队员在笑，笑得那么欢。这种心情，她倒是很能理解的。当年，当她们自己夺得金杯时，也是这么笑的，笑得连嘴也合不拢。但一想到自己输了球，眼泪还是不停地流，回到休息室也没有止住。

上任之后，就遭受这么一次严重的挫折，败得如此之惨，她的好胜心受到了严重刺伤。在与日本队决冠军的过程中，她一直满怀着必胜的信念。第一局输掉后，她心想："输一局不算什么。"第二局输掉之后，她还相信能赢回来。第三局打到对方以十领先时，她才感到大势已去，要挽回败局已经困难了。她想："我和郎平再拼命，也赢不回来了。"尽管结局是零比三，但这位争强好胜的队长仍然不服输。她真想马上与日本队再打一场，不赢才怪呢！不过，这只是张蓉芳的信念，而事实已经摆在那儿了，还有什么好说的呢！

事后，她在一篇日记中写道："一个运动员最大的幸福，莫过于为祖国争得荣誉。但一个运动员最大的痛苦，也莫过于需要你为国争得荣誉而争不到。零比三输给日本，难受的程度是难以用语言来形容的。自己年龄大了，想要再去夺回这个亚洲冠军，已经没有希望了，只好依靠下一茬运动员去努力了。"

用袁伟民的话来说，这次失利是中国女排"大换血"所付出的一笔代价。而在张蓉芳看来，则是新旧更替后球队弱点的一次暴露。"光我们几个老的拼命，有什么用呢？"她心里暗暗地责怪起自己来。

应该承认，这个零比三和它所带来的巨大影响，使张蓉芳的情绪出现了一个低潮——她当运动员以来的最低潮，甚至连实现"三连冠"的信念都发生了动摇。

说真的，训练上的苦和累，甚至伤和病，她都可以忍受，她极少因为这些困难而掉眼泪。在郴州冬训的日子里，她的腰伤常常发作，严重时，只能躺在床上，动弹不得。平日里，她最盼望礼拜天，虽然上午还得训练半天，但下午放半天假，中午可以美美地睡上一个懒觉。那时，她甚至认为，世界上最美的事，就是每天的午睡。如今真的让她这么躺着，心里倒很难受，总想起身到训练房去练球。即使练不了球，就是站在一旁看队友们训练，也比这么死气沉沉地躺在床上强。虽然，她是全队技术最全面的老队员，可袁伟民一丝一毫也不放松对她的要求，总是不断要求她向上、向上……她常常累得脸色苍白，腰疼得直不起来，但再困难，她也没有退却过，即使把她练得倒下，她也不会感到委屈，不会喊叫一声的。

作为一个老队员，她是没有毛病可以挑剔的了。但她是一队之长呀！而这段时间，队员思想情绪波动大，练得又苦，矛盾真是层出不穷。只要场上一发生矛盾，下场后，袁伟民就要找张蓉芳，批评她对队伍管得不严，指派她去给闹矛盾的队员做工作。工作，她不是不做呀，做的还真不老少。新队员们虽然敬重她，不跟她这位老大姐顶嘴，但也少不了给她一点脸色看。此时无声胜有声，那滋味可不好受。她耐着性子，对年轻的队友们说："你们一进队，就享受了世界冠军的荣誉,到处给你们开绿灯,你们真是得天独厚。但你们应该珍惜这些条件,用自己的努力去争取新的荣誉……"也许是经历不同,遭遇不一,她想的往往与年轻队员想的不一样。她有时也恼火,恨铁不成钢……但她一次火也没有发过。在训练日记的扉页上,她用粗重的笔触写下了林则徐的格言"制怒"两个字。几乎每天都要看看这两个字。把一切火气都强忍了下来。

但有一天,她的火气终于爆发了。那天,袁伟民把张蓉芳找到屋里,问她:"你自己树立起奥运会冠军非我们拿不可的思想没有?"

说实在的,她只觉得,这个奥运会冠军,我们是"有希望但没有把握"。她照实说了。

"自己都没有树立起必胜信念,怎么去要求新队员,怎么去带动新队员呢?一个人最重要的是心中有个目标,为这个目标去拼搏……"袁伟民一点也不留情面地说了她一顿。

张蓉芳受不了。顿时,酸楚的泪水夺眶而出。她呜呜地哭开了。她感到莫大的委屈。自己一身伤病顶着练,撑着练,已经够不容易了。信心,又不是我一个人就能树立起来的!干吗老不放过我,老剋我呢?是不是就我好说话,老拿我开刀?她愈想愈伤心,愈想愈委屈。她大声地哭,不顾一切地哭,哭得上气不接下气,到后来都哭得抽筋了。也不知哭了多久,她站起身,对袁伟民说一声:"我再试试吧!"一边哭,一边走出门去。

回到屋里,她痴愣愣地坐在床上,眼泪还像断线的珍珠,不住地往下滴落。怎么这么多的困难都让我碰上了呢?真倒霉,这个队长,我当不了,不当还不行呀?她的思绪乱极了。她想起两年前在这里冬训时的同屋孙晋芳。两年前,这位前任队长也闹过脾气,不想当队长。袁指导为这件事,可没少整她,剋她。孙晋芳也哭过鼻子,可后来还是当了,而且成了一名称职的队长。可那时,老队员多呀,彼此了解,什么都好说,而且,大伙儿都憋着一股劲,非拿世界杯冠军不可,眼下……唉,眼下情况可不一样……

十点,该熄灯了。郎平走过来,推开门,见张蓉芳还坐在那儿默默地掉泪。

"毛毛,到外面走一走吧!"郎平也是刚刚与袁伟民谈完话回来。她也挨了剋,心里憋着一肚子气,有好多话想诉说诉说。

外面太冷了,她们都穿上了羽绒衣。白天阴沉沉的,飘了一天的绵绵细雨。入夜之后,虽然雨不下了,却刮着刺骨的寒风。她们——队长和副队长,两个同病相怜的人,沿着庭院的高坎,默默地走着走着,走了好一阵子也没有说话。宿舍楼的灯光,一盏一盏熄灭了,只有袁伟民屋里的灯光还亮着。在寒风中摇曳的路灯的灯光,把她们的身影拉得老长老长。练了一天,按理说,她们该躺到热被窝里甜睡了。可今晚,她俩却一点睡意也没有。

她们并肩而行,倾吐着彼此的心里话。该诉的苦,她们都诉了,该吐的苦水,她们也都吐出来了,该发的牢骚,她们也都发了,可是,她们没有忘记自己是队里的队长,一种责任感驱使她们回味着袁伟民三番五次对她们的批评。

"场上的老队员,就剩下我们俩了。他不抓我们抓谁呀!"张蓉芳设身处地地为袁伟民着想了,"让我们当教练,也只能这样。我们感到难,他肯定比我们还难……"

"是呀,我们有气还可以朝他发一通,有苦也可以互相诉一诉。他有气朝谁发呀?有苦朝谁诉说呀?还不是自己一个人默默地忍受着。"郎平感叹道。

张蓉芳悄声地对她的老伙伴说:"我们分分工,找年轻队员聊聊,能为他分担多少忧愁,就分担多少吧!"

郎平赞同地点点头。

她们的气消下去了。可当她俩朝那幢黑乎乎的宿舍楼走去时,已经是凌晨一点多钟了。心事,重重的心事,真是连着浩瀚的天宇呀!

虽然躺进了热被窝，但脑子一时还是安静不下来。张蓉芳海阔天空地想，苦苦地思索，想了那么多、那么多。后来，她把她的这些想法，都写进了自己的日记："一个人的生活道路，并不都是铺满鲜花的，总会有曲折、坎坷。在这种情况下，弱者会抱怨自己生不逢时，没有交上一个好运气，会怨天尤人，精神不振，虚度自己的青春，甚至自己的一生。但对强者来说，困难、挫折、逆境，这一切都算不了什么。他们会从中得到锻炼，坚强自己的意志，锤炼自己的毅力，坚定自己的信念，去战胜生活中的各种各样的冲击，勇敢地去领略生活中的无限风光。""心中一定要有一个坚定的目标，为这个目标去拼搏、去奋斗。只要自己看准了的路，就应该坚定地走下去。哪怕前面是荆棘、峡谷、深渊，都要奋勇向前。"

在极端困难的境地里，张蓉芳就是以这种强者的精神，去战胜自己，只有战胜自己，在往后的日子里，她和她的队友们才能去战胜别人。

中国女排的镇静剂

从长滩体育馆的记者招待会回到奥运村，已经是深夜了。但中国女排姑娘们下榻的每个房间，都亮着灯，每个人心里都充满着懊丧情绪。与美国女排第一次相遇，四局球都领先，到头来却输掉了三局。尽管袁伟民在午夜召开的全队会上一再讲，输掉了，就认了，不要懊丧，不要后悔。但姑娘们心中的这种懊丧、悔恨的阴影，并不是瞬息之间就能驱赶跑的。它仍然纷扰着她们，使她们不得安宁。

张蓉芳与福建姑娘郑美珠住在一个屋。虽然已经熄灯了，但张蓉芳从小郑辗转反侧的声响中，意识到这位年轻队员还为这场球赛懊恼着。

"小郑，别想它了，睡吧！只要打好与日本队的比赛，照样可以与美国队争冠军的。"张蓉芳这样安慰年轻队友。

在分组赛中打美国队这场球,张蓉芳是上场队员中发挥最正常的老队员。虽然她使出了浑身解数,但最终由于大家求胜心切,还是输球了。要在以往,她可能早就责怪起年轻队友们来了,可这次,她一点也没有发火,不但不说一句埋怨、责怪的话,相反,总是如此温存地关心队友,鼓励队友。她明白,一个球队,如果只有一二个队员发挥正常是赢不了球的,只有上场的每一个队员都打出水平,才能取胜。

第二天,全队总结这场比赛时,张蓉芳侃侃而谈,作了一个很有水平的发言。

她说:"输了球,谁心里也好受不了。领先的球输了,是可惜,是遗憾,但已经输掉了,我们也就不要吃后悔药了。我们要面对现实。反正,我是没有丧失信心。这场球,美国女排赢我们,不是因为她们打得好,而是我们打得不好。但我们打不好,还老是领先四五分,这说明我们是有水平、有实力打赢她们的。反正,我们拿奥运会冠军,总少不了与日本和美国这两个强队交手的。"

在打日本队前夕,虽然她心里也紧张,怕出意料之外的万一,但对打赢日本队,她始终充满着自信。

"日本队在近几年的世界大赛中没有赢过我们。在苏联,我和郎平没有上场,不照样赢她们了吗?从实力看,她们不如我们。从心理看,她们怕我们。不过,我们千万不能急于求成,要抓住时机一个一个地打,我们是能打赢这场球的。"在对日本队一场球的准备会上,她冷静地作了这个鼓舞人心的中肯的分析。

队长的话,分量是格外重的。她在赛前的这些乐观、自信而又冷静的分析,对全队来说,无疑是一种强效的镇静剂。

到了赛场上,她那落落大方的镇静自如的神态,对队友们又是一种鼓舞,对对方当然是一种威慑。与日本女排交战前,郎平走到张蓉芳的跟前,悄声耳语:"杨子说,她有点过分紧张,心发慌。"她望望郎平,眼神里充满了对这位老伙伴的谢意,感谢她如此及时地提醒她。她不动声色地走到杨锡兰身边,恳切地说:"杨子,你别紧张,不好处理的球,你就传给我。"说完,轻轻地拍了拍杨锡兰的后背。队长的三言两语和轻轻一拍,使杨锡兰绷紧的心弦顿时松了下来。有张蓉芳这样的老将做后盾,她还紧张什么呢!

她身高只有一米七四,在高大如林的女排队伍中,她是属于矮个子。但她有两句格言。一句是,"先天不足,后天弥补。"还有一句是,"不怕别人看不起你,就怕你自己看不起自己。"靠着后天的努力,凭着自己的勤奋好学,她练出了一身令人羡慕的娴熟的高超球艺。她攻守全能。她跳起之后,在腾空的瞬间,能眼观六路,随机应变,靠着灵巧的手腕,可以打出千变万化的球路,使对手防不胜防。美国的高个海曼、克罗克特,就最怵张蓉芳那变化莫测的扣杀……

应该承认,在第二十三届夏季奥运会女排比赛中,她不仅是位智勇双全的战将,而且又是一位非常成熟、称职的队长。她用自己的全部精力和才智,为中国女排站好了最后一班岗!

难怪在决赛中中国女排击败美国队之后,美国教练塞林格对记者说:"张蓉芳的经验和清醒头脑,是中国队的镇静剂,她也是全队进攻的指挥员……"

张蓉芳是值得称赞的。"三连冠"的功臣,谁不钦佩呀!但是,在荣誉面前,张蓉芳就像在球场上一样,是一个头脑非常冷静的人。她不喜欢言过其辞的夸赞。她说:"我们能获得'三连冠',不能归功于我,虽然我也拼了老命,但我只是女排中的一员。正如袁指导说的,我们全队都拴在一条结组绳上,只要有一个人滑坠,就不可能成功。我们球队,没有老队员不行,但没有新队员更不行。如果一九八二年,球队不进行'大换血',那么这支队伍就不可能像眼下这样充满朝气和战斗力。年轻的队友们,才是我们中国女排的希望。"

有人写信给她,称她为"当代的拿破仑"。她摇摇头,说:"我是普普通通的一个中国女青年。"有人为她写文章,说她临出国前,曾经给妈妈说:"不拿'三连冠',不结婚。"她直摇头,笑道:"哪有的事!哪有的事!"她讨厌这种无中生有的杜撰。

她依然故我,喜欢读者们看到的是她的本色。不错,她是"三连冠"球队的队长,但日子过得并不舒坦。在她走向"三连冠"领奖台的路途上,充满着各种矛盾,洒满了汗水和泪水,也畏难过,委屈过,动摇过,但最终她从困境中挣扎出来了,成为胜利者……

她就是她,一个闻名而又普通的中国女子。

真没有想到,本文竟然成为欢送张蓉芳告别球坛之作。十二月四日下午,中国女排为她举行了欢送会。领队、教练和队友们都说了许多动情的话,但张蓉芳一直沉默不语。她是有满腹的话语想说的,但不敢开口,因为一开口,她就控制不住自己的感情,袁伟民很诚挚地说:"毛毛,你应该说几句呀,不说,以后可再也没有这样的机会说了……"张蓉芳终于开口了,她说:"今天,我嗓子哑了,只说两点。我来国家队八年……"她哭了,双手紧紧捂着脸哭了,哭了几分钟仍然停息不下来。欢送会只好就此结束。毛毛,其实你什么也不用说了。你走了,但你是无愧的!眼下,正是全国观众评选今年"十佳"的热闹之际。从一九七九年以来,"十佳"已经评过五次。但我们的这位巾帼英雄却一直榜上无名。应该说,在我国女排夺得"三连冠"的艰苦历程中,她是战功赫赫的大将。她应该当一次"十佳"!这次,笔者不揣冒昧,也来凑个热闹,公开投她一票。当然,这一票只有写到首都新闻单位印发的选票上才有效。公开投票,是无效的。尽管无效,笔者仍然要投这一票!

而且,笔者还要向亲爱的观众朋友们大声疾呼:"投她一票吧!"

一九八四年十一月二十九日夜草就
一九八四年十二月四日夜修改

代后记　为有豪情似旧时——女排精神的过去与现在

我从1960年起到国家体委主管的《体育报》当记者，算是新中国体育发展历程的一个见证者和记录者。1981年女排首次夺得世界冠军前我去实地对她们做过采访，并在这个基础上写了一部长篇报告文学《中国姑娘》。现在我已年届八十，早已淡出体育采访一线。三十多年来，女排队伍已经换了好几茬，这届中国女排的姑娘们，除了主教练郎平，我一个也不认识。所以今年的巴西里约奥运会，我只是一个普通观众。当然，如果说我这个观众和其他人还有哪些不一样，那可能因为我亲身经历、记录过中国女排的发展过程，有着更加独特的女排情结。更何况，老女排的郎平在这支队伍里当主帅，这些都让我对出征里约的中国女排报以更多的关注。

当姑娘们在小组赛中输掉三场时，我心里有些遗憾，但并不惊讶，毕竟这届女排队伍还很年轻。可是，当见到姑娘们从逆境中奋起，先后击败世界强队巴西队和荷兰队，进而绝地反击击败塞尔维亚队夺得冠军时，我惊喜地发现：在这支新队伍中，老女排精神又回来了！

当我坐在电视机前，感受着姑娘们那股不服输、不言败的拼劲，一种久违的感觉油然而生，郎平、孙晋芳、张蓉芳、陈招娣、周晓兰等三十多年前那支老女排队伍的身影开始一幕幕浮现在我眼前。

不一样的女排姑娘，一样的女排精神

1981年春雨绵绵的时候，我来到湖南郴州国家女排训练基地，和这支队伍一同生活了半个月,亲眼见证了老女排姑娘们"爱拼爱胜爱搏"的精神风貌,我那部反映女排队员的长篇报告文学《中国姑娘》也主要是在这次亲身经历的基础上写成的。

郴州基地条件很差,训练馆是用竹棚搭的,最早里面是泥地,一练一身泥。后来铺了竹地板,地上又都是毛刺,姑娘们训练完以后就相互比谁身上拔出的刺儿多。

场地条件艰苦,训练又很单调枯燥。当时,陈忠和给姑娘们当男陪练。他站在高凳上往姑娘们身上大力扣球,球又快又狠,砸在身上就青一块紫一块,姑娘们则大喊着冲上去接球。呐喊声和球落地的"咚咚"声,让人胆战心惊!所以开始姑娘们都闭上眼睛不敢接。后来我问:"为什么要这样练?"队长曹慧英说:"你不知道,我们同苏联队打过一次,一局输了个0∶15啊!隔网看过去,苏联队员的大腿比我们的腰都粗,大力扣杀威力太大了。要不这么练,将来在赛场上还不得吃大亏?"

当年曹慧英在队里年纪最大,可也不过27岁,却"练"得那叫一个憔悴。当地老百姓去看训练,心疼地拉着她的手说:"哎呀,你真像祥林嫂。"她说:"可别这么叫,我是心甘情愿练的。"主攻手杨希在一次训练中把肌肉拉伤了,大腿上肿起一个大包,只得在宿舍里躺着。我去找她聊天。她说:"老鲁,你看平时我们哪怕能休息半个小时都很高兴,可现在你听,球场那边的练球声那么清楚,世界大赛马上开始了,真躺不住啊!"

在二传手陈招娣身上发生过一件"两走两练"的事。有一天训练结束,她主动要求加练15个球。加练球要是接不着就算负的,会越练越多。陈招娣救起9个球后,就觉得自己真的吃不消了,可是教练还是没完没了地抛球,气得她扭身要走。主教练袁伟民说:"今天练不完,明天第一个练你!"要强的陈招娣听了转身回来继续再练。第二次撑不住了,又走,然后再回来,直到累瘫在球场上。这些都是当时女排所经受的极限训练。

所以,在女排姑娘们心里,对教练可以说是"爱恨交织"。训练时,教练真的像"魔鬼",姑娘们训练下来以后常常"恨"得使劲掐教练的胳膊;赢球后,这种"恨"又会转成"爱",赛后姑娘们把教练抬起来蹾,实际上也是"爱""恨"转化之中一种"解气"的表现。1981年,中国女排在日本首夺世界冠军的那场决赛中,陈招娣带伤硬顶着上阵。比赛结束,陈招娣已经走不了路了,是同伴们背她上下车,背她回我国驻日大使馆的。当天晚上开庆功会,队员们都来给袁伟民敬酒,唯独陈招娣不在,一个人在楼上躺着,于是袁伟民端着酒上去找她。陈招娣后来说:"我平时真恨透他了,但是现在一见,却眼泪汪汪地哭起来了,一切都过去了,都不说了,教练,我敬你一杯酒吧。"

所以,说起女排精神,我赞同陈忠和的一番话,这位中国女排前主帅曾说:女排精神不是靠喊出来的,而是靠平时训练中一球一球,比赛中一局一局,细节上一点一点磨炼出来的。因此我想,从三十多年前老女排步入辉煌到今天新一届女排姑娘们"王者归来",贯穿始终的就是在这些日常训练和比赛的点滴之中所体现出来的永不言败、永不放弃的体育精神和为国争光的拼搏精神,这就是不变初心。社会上曾经有种看法,叫作"年轻人一代不如一代"。当年,老女排队员用她们的拼搏精神和爱国精神感动了全中国。今天,在这一批年轻的运动员身上,我同样看到了这样的精神。不同年代的中国女排运动员,都用行动做出了回答:中国青年一代胜似一代。

"夺金牌"与"拿牌牌"

袁伟民曾对我说,现在这支女排的身体条件是历届女排中最好的。可是对于这支身体条件不输欧美、去年又新晋世界冠军的队伍,主教练郎平的奥运目标却显得比较低调:拿牌牌。这不禁让我想起当年女排身上沉甸甸的"金牌压力"。

我从事体育记者这行的时候，贺龙元帅担任国家体委主任。当年，我们的乒乓球已经连续拿到世界冠军，其他有的项目也蓬蓬勃勃地起来了，唯独"篮排足"三大球上不去。为此贺老总曾说：三大球不翻身死不瞑目！

"文革"结束后，中国百废待兴，体育界也一样。当时北京大学提出"团结起来，振兴中华"的口号，应当说反映了那个时代全国上下一致的心声。那个年代，太需要好战绩来凝聚人心、激励士气，这也是那时候人们对集体项目、对冠军、对奖杯看得比较重的原因。当时在三大球里，女排冲向世界夺冠的势头是最强的，也是最为人们所寄予厚望的。

获奖夺冠才意味着胜利，这也是那时女排姑娘自己的心里话。1977年世界杯中国女排得了第四，这已经是1953年建队以来取得的最好成绩，但是颁奖时发生的一幕却让女排姑娘们特别受刺激。陈招娣说："让我们站在领奖台下的地板上，每人手里发一个黄手绢，要不停地摇晃向得胜者祝贺。那时候就想，只有把实力搞上去了，才不用再受这种气！"

1981年出征日本世界杯前，中国女排队员曾应邀去北大，我也一起去了。距离北大校园还有几十米的时候，就挤不动了，因为全是人，我还是被两位高个儿运动员架着进去的，一路上都是被挤掉的鞋子。原计划在大礼堂聚会，结果女排姑娘们刚一进去就被"瓜分"了，东一个西一个被学生们拉到校园的各个角落里。记得留在礼堂里的是周晓兰，她被学生们抬起来"扔"到台上，又从台上"扔"下来，那场景真是狂热。当时有的女排姑娘说："下回赢了球我们更不敢来了，他们还不得疯了……"可见同学们对女排夺冠寄予了多么高的期望。

果然，当中国女排首夺世界冠军后，北京城万人空巷，全城沸腾,人们敲锣打鼓去天安门游行,北大学生撒传单,还把扫把点着了当火把……不只北京,应当说是全民沸腾、全国沸腾。所以当年女排姑娘们在这种情况下夺冠,应当说的确是在承受巨大压力之下做到了把压力变为动力,不负众望。

经过三十多年的改革开放,随着中国综合国力和国际影响力的增强,全国上下的自信心也有了进一步增长。拿金牌,升国旗,奏国歌,老百姓当然心里高兴,但人们不再简单地"唯金牌论""以胜败论英雄"。所以这一次中国女排夺冠固然令人欣喜,但人们更看重的是这个过程中女排姑娘逆境不言败的战斗激情。我有一个企业家朋友,他也曾经辉煌过,但现在处在破产边缘,企业一直在死亡线上挣扎。那天他给我发微信,兴奋地说:"里约奥运会开始后我天天看,特别爱看女排,郎平和女排精神深深感动和激励了我,我要学习她们这种百折不挠、面对困难挫折的拼搏精神,走出黑暗,走进光明,我相信我的企业重生的日子已经不远了,到时候我们一起庆贺!"

爱情啊,请你晚一点来

这次奥运会上,我看到一位中国运动员公开向队友求婚的画面,都上了一些西方媒体的头条,这不禁让我想起当年的女排姑娘的情感世界。那时候规定现役运动员不许谈恋爱,同时提倡奉献体育,晚恋、晚婚、晚育,所以爱情称得上是运动员的一个禁区。花前月下谈恋爱都不允许,公开求婚这种事那时候更是不可想象。

当年在郴州基地的时候,为了更多地了解比赛,我想借一位女排姑娘的日记来看一看。我知道上海姑娘周晓兰文笔好,于是就试探着向她提出这个要求。晚饭后,晓兰拿来日记本说:"那几页我折出来了,明天早上还给我。"她还跟我"约法三章":第一,只能自己看;第二,不能往外说;第三,不能公开引用、发表。她还伸出右手小拇指说："拉钩！"日记太精彩了！尤其是她的内心独白："这次离开北京跟往年都不一样，好像心被拴住了……"这是在恋爱啊，有男朋友了。那个不眠的春夜，我一口气读到黎明，摘抄了好几千字，却没有一点儿疲劳感。

那天，我到女排运动员宿舍楼串门的时候，她们问："你的《中国姑娘》写到哪儿了？"我说，正写《爱情啊，请你晚一点来！》这段呢，给你们念念一个姑娘的内心独白吧。于是就念了一段晓兰的日记。姑娘们听了都大叫起来："哇，这么柔情这么美，谁的呀？"我眼睛盯着晓兰，她没有跟着惊叫，脸有些红，只嘟囔了一句"连这都写……"后来，屋里只剩下我们两个人，她没有再提不能引用的事。我暗喜，她这是默认啦！

即便有这样一些小插曲，我在郴州基地这15天体会到更多的还是姑娘们的奉献和牺牲，家庭、爱情、身体，没有不奉献和牺牲的。她们从不提什么额外要求，想法也很单纯，就是拿世界冠军为国争光，要做到这点只有拼命才行。

那些年，那些女排主帅

主教练是球队的统帅，堪称"定海神针"。在中国女排的成长之路上，有几位给我留下比较深刻印象的主教练。

一位是日本的大松博文，中国女排有今天，跟这个人物是分不开的。1964年，日本女排首次夺得奥运会冠军以后，周总理把这位日本女排的主帅请到中国来。大松博文擅长采用超极限训练，这种做法被后来的袁伟民、郎平等中国教练或多或少地继承了下来。领教过他训练的中国女排队员曾对我说，当时我们都管他叫"魔鬼大松"，真是"恨"透他了，人都要被"练"死了还在那儿折腾你。有一次周总理在人民大会堂接见他时问："队伍训练得怎么样了？"大松说："还不到日本队训练量的一半。"总理说，那就把你那套移植过来训练她们。大松博文后来对周总理说,中国这批姑娘很聪明,训练上来以后将来肯定要超过我们日本,拿世界冠军。

接下来是袁伟民。他的最可贵之处在于摸索出了一套适合中国自己风格的排球之路,并率领中国女排首次登上世界排坛巅峰,从此步入"五连冠"的历史辉煌。当年我在纪实作品里把中国女排称为"中国姑娘",把他称为"中国男子汉"。和袁伟民同时代的日美强队,彼此实力都在伯仲之间。世界大赛中,就好像几支队伍都快要冲到珠穆朗玛峰峰顶了,巅峰对决,谁能留在峰顶,谁会摔下悬崖?就是这样一种紧张的情势。一次大赛前,我到袁伟民那儿串门,屋里就他一个人在那儿分析赛情,满屋烟雾缭绕,人都快看不见了,那叫一个苦闷。

一次,袁伟民来我家里小坐,谈起女排首夺世界冠军中的一件事。1981年11月16日,在日本举行的第三届排球世界杯赛中,中国女排连胜六场后首度杀入决赛,对阵此前曾六获世界冠军、被称为"东洋魔女"的日本队。日本队的主教练小岛孝治特意蓄起了胡子。他对袁伟民说:"等赢了中国队再刮胡子。"决赛打响之前,他不停地在袁伟民跟前走动,而且老摸胡子。这种挑衅之举是典型的赛场心理战。袁伟民心里说:"你就永远留着胡子吧。"他顶住了来自强大对手的技术和心理压力,带领中国姑娘首度问鼎世界冠军。

女排两连冠后,随着新老更替的出现,队伍开始变得难带:老的老,伤的伤,新的新……如何带好队伍,是件伤脑筋的事;而同时期日美强队的"教头",像日本队的山田重雄,美国队的塞林格,都不是等闲之辈,除了球队实力,他们还要相互在赛场上斗智斗勇。所以在女排"五连冠"的奇迹的背后,袁伟民付出了很多。

最近的一位就是郎平。看到郎平我总想起当年的袁伟民,她继承了袁伟民的大运动量训练风格、敢拼爱拼的训练作风以及团结上下一心的队伍管理等优秀经验;而且郎平在场上也很冷静,很少说话，说话不着急，这些也都像袁伟民。同时，郎平在继承的基础上又有创新。郎平现在已经是一位具有国际执教经验的顶尖教练，除去中国队，还带过欧美强队。因此，她了解国际排坛最新的技术发展，在运动医学、体能训练和恢复等方面具备科学的方法和手段，同时熟悉各国队伍的特点，这些对中国女排技战术水平的提高能起到很积极的作用。

郎平还是中国女排队员时，我已经与她有过接触。在我的眼里，作为运动员的郎平，直爽、聪明、好胜，同时爱动脑子，看问题全面到位，不钻牛角尖，在赛场上有一种傲视群雄的霸气。退役后，郎平选择读书、出国、执教各国球队……走上了一条与众不同的路。三十多年来，郎平从冠军运动员到冠军队教练，从"铁榔头"到"郎图腾"，是她人生一路奋斗的结果。对她所取得的成就，国际奥委会官方微博里有一段评说："在中国体育史上，几乎从来没有一个人能连续30年受万众顶礼膜拜。只有郎平做到了。球员时代的'五连冠'带领中国走上世界之巅；执教以后再次率领中国女排重回世界之巅……这30年来，中国女排的所有荣誉，几乎都和这个女人息息相关。"

然而，郎平担任教练后所产生的争议，和她担任球员期间所获得的夸赞，形成了鲜明的对比。2008年，郎平作为美国女排主帅，在北京奥运会上率队击败中国女排。当时国内不少人对此有看法、有议论，甚至认为郎平背叛了祖国。对于这一点，中国女排前教练陈忠和认为，如果换一种角度看，美国队的教练是我们中国人，而且取得好成绩，这说明我们中国的教练水平很高，也说明中国排球在世界上产生了更大的影响。实际上，包括女排在内，中国许多在国际赛场上取得优异成绩的项目，都曾请过国外的教练。郎平如果不是有过执教国外强队的经历，也不可能把国外的先进经验和训练手段带回国内。现在的世界是一个走向融通的大社会，各国间的体育交流是大势所趋，只有具备国际视野，摒弃狭隘的胜负观，多相互学习，这才符合现代奥林匹克精神,也才有可能真正迈向更快、更高、更强。

女排精神新启示:直面挫折享受拼搏

1981年女排首夺世界冠军前,我在中国青年报社做讲座时曾说,姑娘们这么苦练,付出了超人的代价,我个人认为她们应该拿世界冠军,但假如拿不下来呢,女排精神仍然值得歌颂,这就是团结起来,振兴中华,为了祖国荣誉而忘我拼搏。这次里约奥运会女排夺冠前夜,我同样这么想,再拿一个奥运冠军当然好,但即使拿不了,只要女排精神回来,也就足够。

当年,中国女排经过"五连冠"的辉煌之后,有一段步入低谷,后来一点点回升,再回到巅峰。实际上,单纯从成绩的角度来说,世上没有常胜将军,起起伏伏,胜胜败败,新旧更替,都是体育的规律。所以如果只是盯着比赛成绩,希望一直站在顶峰,结局一定是失望。但是如果从体育中获得一种直面挫折、永不言败的自信,一种享受拼搏、超越自我的愉悦,这才不会错过体育带给我们最珍贵的人生礼物。

关于直面挫折、永不言败这一点,李宁的经历很能说明问题。1988年,"体操王子"李宁兵败汉城,受到国内许多批评和指责。那天,我去奥运村运动员住地找他,我俩找了一处人不太经过的墙根坐下聊了起来。我说:"看你虽然输了,但在赛场上还是笑眯眯的。"他说:"我是世界冠军,不能那么没有风度,但我回到屋里哭了,很难受,因为我胸前挂的是国徽,我给我们团队丢分了。这次奥运会之后我就要退役了,想弥补也弥补不了,作为运动员我觉得很内疚,所以怎么骂我我也能承受。"正聊着的时候,几个韩国姑娘拿着鲜花走过来,说:"李宁,你永远是我们心中的体操王子。"李宁接着又说:"不过,我现在还只有20多岁,人生之路还长着呢,这次失败对我今后的人生来说未尝不是一件好事。"果然,曾经黯然离开体坛的李宁,日后在商界再创辉煌。

关于享受拼搏、超越自我这一点，这次里约奥运会结束后，主教练郎平有句话很精彩，她说，女排精神不是赢得冠军，而是即便知道难以取胜，一样竭尽全力。三十多年来，随着社会变革和时代变迁，国人的心态已经悄然发生了变化，对竞技体育也不再"唯金牌论"，而更多地追求一种在拼搏中不断超越自我的享受，正像游泳运动员傅园慧说，我对自己的成绩很满意，因为我已经使出"洪荒之力"了。所以，人们对这次出征里约奥运会的女排姑娘们既寄予希望，但也没有非拿冠军不可的要求。这说明，随着时代的发展，国人对于奥林匹克精神"更高更快更强"的内涵也有了新的理解：真正和自己较量的对手是自己，在拼搏的过程中不断实现自我超越，从而感受生活的愉悦，实现精神的享受，这才是体育运动的真正价值。

经过三十多年改革开放，国人对奥林匹克精神有了更深刻、更准确的理解。直面挫折，永不言败，享受拼搏，超越自我，这是一种自信的体现。这种自信的价值已经远远超出体育界，甚至超出一个民族，成为全人类共同的财富。

（原载于《纵横》2016年第9期。口述：鲁光；采访整理：潘飞。本文略有改动。）